久病成仙

曹畅洲 著

上海文艺出版社

———————

给石头打上发条

让它滚落,从停止转动的夜晚

知耻地迎向果实之鸟

目录

001 盲

059 拉链

079 辛巴

123 寻找孟阙

151 一场平凡无奇的争吵

163 隐疾

199 偷脚踝的人

225 谈论爱情是可耻的

275 后记

盲

· 01 ·

发现自己看不见女友,是在郑兴走出洗漱间的时候。昨天中午的部门聚餐使得他一整天都在忍受腹泻之苦,一直到今天早晨都不见好转。通常,他度过早晨的方式总是在穿衣镜前一边剃须一边等女友洗漱完毕,接着女友将洗漱间让出来,去卧室的梳妆镜前快速地化妆,等她一切准备就绪的时候,郑兴也正好离开洗漱间,并且换好了衣服,这样两人便可以在同一时间出门上班。这种精妙的安排由来已久,像一套稳定的政治制度那样行之有效而且职务分明。可是这一天,由于腹泻的缘故,郑兴难得起的比女友还早,并且在便器上待的时间超过了自己的预期。女友敲了几次门,喊道:"小兔子开门。"过了一会则是"芝麻开门"。见郑兴还没动静,她才失去了这样的童心,关切地说:"我放了腹泻药在餐桌上,要是过了中午还不起作用,下午去医院看看吧。"郑兴感激地应了一声,想到女友在门外焦急等待的样子,他恨铁不成钢地自责身体是一年不如一年。好不容易,他站了起来,腹中空空如也,他一边往空气里喷着香水,一边开门让女友进来。出乎他意料的是,女友并没有在门外。他刚想出去唤她,身体便被什么撞了一下,接着水龙头也开了,刷牙的声音也响起了。女友的声音从身边含糊地传来:"快去吃药吧。"

由于这个不大不小的意外,他们比往常更利索地做完了出门前的工作,"我涂个口红就走。" 女友在卧室里说。他们一出门就急急忙忙朝着地铁站快步走去,快出小区大门的时候,保安一边伸着懒腰一边朝他们说:"你们小心别摔着!"这话使郑兴一下放下心来。他顿时想到,保安说了"你们",说明他看得见女友,那么问题就不是出在女友身上。我能看得见保安,说明问题也不是出在我身上。他长舒一口气,仿佛腹泻也一并痊愈了。

· 02 ·

事实上昨天那顿聚餐确实有问题,为了抓紧时间下午继续工作,领头人挑了一家上菜最快的餐厅,郑兴当时就想,这里的菜不是早就烧好的，就是还没有烧熟，不然怎么可能这么快呢。但是他没有将这个想法表达出来，并且还吃了不少。今天早晨到了公司，他看到大家依然干劲十足，也就不问他们是否也被腹泻困扰。他清了清嗓子，挺直腰板，用手在脸上抹了一把，把憔悴从脸上统统扫除后走进了部门工作室。说是部门，其实只是一个临时组建的四人团队，昨天便是为了庆祝组建而吃的饭。吃饭的时候，领头人仿佛有两张嘴似的一边咀嚼一边清晰地为成员们布置任务。成员们仿佛有四只手似的一边使筷子一边扶着碗一边在手机上飞快地记录。他们分别负责统计和分析集动能装置在各自辖区中的使用状态和数据，最后由领头人监管、综合，制订接下去的更新策略，以及将这些成果形成文字汇报给他的上级。公司的经营业务很广，集动能装置只是其中之一，郑兴曾在汽车发动机和空气湿度监控系统部门各干了一段时间，如今又来到了这里。这使他不得不又从头学习关于集动能装置的一切。每次都是这样，在他刚刚摸到一点头绪的时候公司就把他调入了别的部门——当然，他的另外三个团队成员也经历了同样的命运。或者说这正是公司独特的管理策略，也是它达到如今这般庞大规模的秘密武器。他已经流浪般地在公司辗转工作了五年，可是对公司的总体样貌几乎仍一无所知，只是听凭上级的指令在每一个职位上恪尽职守。谁不是呢？另一个成员，麦河，只是一个刚刚毕业一年的大学生，但是他在工作中的勤奋和聪明有目共睹，郑兴时常觉得自己这么多年来的资历在他的面前丝毫谈不上什么优势。这会儿，大家还在对着书本和前人交接留下的资料苦苦研读，他就已经在电脑上操作了起来，他在工位上低着头，自言自语似的向领头人汇报了一组数据，领头人便将数据输入电脑，过了一会儿后发出了冷静的赞扬："好，不错。"这令郑兴感到恐慌。裁员危机使得每个人的脸都蒙上了焦虑。再大的公司也要裁员，不如说公司越大，这样做就越是迫在眉睫。关于裁员的说法五花八门，有人说上级会事先传唤你去他那间连秘书也不能随意踏入的办公室，接着用铁钉一样的眼神沉默地盯视你，直至你吓得不断地说出自己工作中犯下的错误，他才露出一个不舍的微笑，叫你去人事处办理离职手续。也有说上级根本不会让你得到见他们的机会，而是以快递的形式将遣送信寄到公司前台，当你被前台人员叫去收取快递时，你就应该设想到自己将会面对的悲惨结局了。各种说法，有自相矛盾的，也有互相印证的，唯一确定的是，这种裁员随时都在发生，并且任何人都有遭受这种厄运的可能性。这是从两个月前开始的，虽然郑兴从未亲自见证过身边的人因此离开，但传闻却是不绝于耳。郑兴对此深信不疑，他的经验告诉他，事情的发生和人们的理解之间的关系往往是非直观的。也正因如此，人们只会在各自的位置上安居乐业。郑兴放下公文包，坐到工位上开始了一天的工作。腹泻还在不断地骚扰着他，好像吃下去的药根本不起作用。他一遍又一遍地离座前往卫生间，回来的时候总下意识地避开终究无法避开的领头人从座位上射来的目光。领头人一边看着郑兴，一边在电脑上飞快地打字，好像手不是他的手，或者眼不是他的眼，总之两个器官各司其职，散发出古怪的冷冰冰的气息。领头人的打字声不绝于耳，像是他要写的内容全都印在了郑兴的脸上，可谁也不知道那是什么，也许是跟工作有关的信息，也许是他作为领导者对下属的无时不刻的评定，郑兴欠身致意：昨晚家里吃的不好，肚子有些不舒服。"好。"领头人说。郑兴快速坐回到工位上，继续一边看书一边用笔在书上划划写写，表现出一副比以往更认真的样子。他听到身后的打字声依然如雨点般密密麻麻地敲击着，坐在旁边工位上的麦河抬起头看了郑兴一眼，那黑得不带一丝杂质的眼睛在郑兴苍白的脸上不住打转，好像在看一个新来的人。麦河，这个虽然聪明机巧但毕竟过于年轻的孩子，也许认为自己目前的工作进度已经足够让他得到一些宽松的优待，或者为自己纯真善良的情感而自鸣得意，他竟轻声地问郑兴："要紧吗？"郑兴笑着摆摆头，并用手势向他的关心表示感谢，麦河翘起嘴欢笑起来，悄声说："我昨天也不舒服，不过睡一觉就好啦！"坐在他们前面的，是一个人们叫作老高的成员，他在公司待的时间甚至比领头人还长，但目前还没有显示出足以使他在公司立足这么久的能力。郑兴在进出部门工作室的时候注意到，老高的书本始终停留在第七页，有时往前翻翻，有时看看后面有没有什么补充解释，他找来了一大堆资料想要帮助理解，但在郑兴的最终印象里，老高仍然没有走出第七页的困境。麦河应该也注意到了这一点，所以他们显然变得比早晨刚来时轻松了一些，因为他们知道老高比任何人都更接近被裁员的边缘。

"麦河！"老高的声音从书堆中响起，"给我一组数据。"

麦河按照要求给了他，没过多久，又听见老高在前面发出疑惑不解的咂嘴声。这时郑兴和麦河对望一眼，像是对什么暗号似的一笑之后，又各自进入工作中了。

· 03 ·

中午，按照规定，公司给了员工出门吃饭的时间，但是麦河和老高仅仅从一楼的便利超市里买了些吃的，带上来一边工作一边吃。郑兴本也应如此，可是他想起自己早晨出门的时候由于太过匆忙忘记带药，就打算去附近的药店买点腹泻药，顺便随便找个什么地方吃点易于消化的食物。虽然女友叮嘱他去医院，但显然现在不是时候。女友发了消息问他身体如何，他回答说病好了。他们又聊了些别的，有关周六的婚礼，一些琐碎的待办事项。他这时想起早上自己看不见女友的事，便开始忧虑起来：如果看不见对方，婚礼上可是会出洋相的。经过一番仔细的推演和思索，他又觉得似乎也没有什么大碍。一切总有办法解决的——这是他在工作和生活中学到的最有用的经验之一。等到他回工作室的时候，他发现麦河的样子发生了某种变化，几秒过后，才意识到此人并非麦河。"这是新来的队员"，领头人对郑兴说，"由于接替了麦河的工作，为了沟通方便，我们就还是叫他麦河。这位是郑兴。"他向新来的麦河同样介绍道。"原来的麦河被辞退了吗？"郑兴问。"是的。"领头人说。"你好，麦河。""你好，郑兴。"新麦河只打了这一句招呼又继续埋头工作起来。郑兴坐下，惴惴不安。他原以为最先被辞退的应该是老高，可是——他立刻推翻了自己甚至还来不及建立的想法——切都不会这么简单的，如果广大的基础员工有一个几乎得到全部认同的共识，那么无疑，这种共识因具备了普遍性而失去了独到的深刻，这作为公司领导层显然应当极力避免。常人在人生中所做的决定已难以使之完全按预期进行，更何况公司的决定——如此规模巨大、历史悠久的公司。其中必有自己仍未意识到、但公司却已洞若观火的关键缘由。他开始回忆麦河在这两天的相处中所有可能犯下的有碍于公司发展的错误。想来想去，他认为是麦河因工作进度的自信，以及对自己生病的关心导致与别人格格不入。他倒抽一口冷气，因为那正与自己相关。而自己刚才还格格不入地独自出门吃了午饭,这一切领头人都看在眼里,并很有可能通过那双不断叩击键盘的手录入电脑。那么出于什么缘由自己还有幸能在此工作呢?也许明天,甚至几小时后,自己就会收到一封快递。也许自己的某些品质仍被公司激赏,可以苟延残喘至今甚至直到更远的未来。他看了看新麦河,想从中找出有别于旧麦河的特征,但他立刻意识到自己的这种没有必要的揣测会引起领头人的注意,于是他便不再想了。老高又叫了起来:"麦河!"他说,"给我一组数据。"新麦河尖声细气地回答了他。郑兴很吃惊他居然能上手得这么快,这可是比原来的麦河还要聪明得多。他忧伤地想到,出于老高某种隐秘的优势,接下去被裁员的可能就是自己了。但没过多久,他就习惯了这种工作氛围,习惯了和新麦河在一起工作,老高的书也终于翻过了第七页,从结果上来看,公司对麦河的决定起到了相应的作用。而这是否其实是领头人的意思呢?郑兴没有深入细想。总之,也许是一种刻意达到的效果,也许只是顺其自然,或者这正是他的本事,新麦河融入了这个团队,使人们仅仅用了一下午的时间就几乎忘记了已经离去的麦河的长相和个性。新麦河甚至把名字也天衣无缝地化作了自己身上的一部分,好像他才是原来的麦河。如果自己离开——郑兴心里又开始打起鼓来——那么,接替自己的人也同样叫作郑兴吗?那么自己则变成了什么呢?他一边工作一边又情不自禁地展开了联想。如果接替自己的人不叫郑兴才可怕，他得出这样的结论，因为那说明自己成了公司中冗余的一部分，一个可有可无的角色，即便离开也无需别人来接替。这么想着，他真正接受了麦河。整个团队开始前进了，业务的交流开始变得频繁，工作室里不再像上午那样安静，他们报着数据，做着分析，然后创造数据，回归公式。不知道是否是这个缘故，郑兴感觉不到腹部的不适了，反而在下班前感受到了饥饿，那正是走向痊愈的标志。

· 04 ·

回到家里，女友已经像以往一样准备好了一桌饭菜。它们像一件件礼物端放在桌上，让疲惫不堪的郑兴一下子感到浑身惬意，他伸展四肢在椅子上坐了下来。女友照例把手机放在桌子中央的支架上，两人一边吃一边看节目，一边优哉游哉地闲聊。可口的饭菜让这种温馨的场面截然区别于白天的工作，郑兴记得正是在一年前类似的一刻自己下定决心和女友结婚的，他珍惜这来之不易的温馨，珍惜两人间平和宁静的感情。吃完饭，女友突发奇想，提出用石头剪刀布的方法决定谁来洗碗——这么童真的女孩现在是少有的，郑兴再一次想道，同时为自己成婚的决定感到满意。他答应了这个提议，然后伸出手来，却迟迟看不见对面的预备仪式，他这才发现，女友在他面前依然是透明的。糟了，他想，这可怎么玩石头剪刀布呀。但是女友已经喊了起来,郑兴硬着头皮跟随她的指令出了拳头,女友大叫:你去洗吧。郑兴释然一笑,心里想道:果然,一切都总有解决办法的。他站起身收拾碗筷,女友在身旁说:"你怎么那么乖呀,明明是你赢了却一点抱怨都没有。""体谅老婆嘛。"郑兴想也没想就笑着说。然后他就感到女友从身后抱上来,在他的脖颈上亲了一口,郑兴转过头,闭上眼和她接了个吻。触感还是鲜活实在的,甚至比以往更鲜活实在。他简直再也想不出还能找到怎样更好的妻子、拥有怎样更幸福的生活了。

郑兴洗碗的时候,女友在身旁将西瓜切成块,盛到碟子里,端上茶几,他们开始规划起婚礼桌位的安排。正当他准备吃上一块时,女友提醒他,说其中有一块掺了芥末。"用牙签蘸满了芥末,然后插进那块西瓜里不断摩擦,再用瓜肉把小洞抹平,从外观上就一点都看不出来了。"她的语气听上去很得意。她说这样做的理由是当人们发现自己吃的那一块没有芥末时,便会分外珍惜,劫后余生的人会更加热爱生命,大致类似这样的道理。事实上这也起到了作用,因为听她这么说以后,郑兴每串起一块西瓜,就盯着它上下打量,即便确认它未动过手脚,送进嘴里时仍惴惴不安,直到瓜肉全部嚼碎,满溢的香甜气味中丝毫不觉芥末的痕迹,他才放下心来,安安心心地大肆享受。也许她是对的,她将再普通不过的西瓜激发出了别致的味道,并使这一平凡的过程变得刺激而新鲜。她总是这样，不断地要些离奇的小聪明，可郑兴却偏爱这一点，从未因此气恼过。他就这样一边将注意力集中在西瓜上，一边在纸上和她一道分配来宾的桌位。女友坐在他旁边时而激动时而优柔寡断地说这说那，显得生机勃勃。这时，他忽然闪过一个念头：是不是该请领头人他们也一起参加？虽然发请柬的时候自己还未认识他们，然而不管怎么说，现在也已成了一个团队的朋友。最后的结论是，明天先去问问他们是否有空。无论如何，先问一句总是一种礼貌。"好啊，"女友说，"那先放几个座位待定——多少个来着？"郑兴默默数道：领头人，老高，麦河。"三个，"他说，"三个待定的座位。"他看着最后一块西瓜，想必这就是那"炸弹"了。他正庆幸着打算扔掉它，西瓜却腾空而起，朝座位飘去，接着便消失不见了。"其实我根本就没放芥末，"从消失处传来女友的声音，"怎么样，这个过程挺刺激吧？"郑兴扭曲地笑了笑，他有点被突然起飞的西瓜吓着了。可能这也是女友开的玩笑之一吧，他心想，而这确实也起了作用。婚礼上想必也会有类似的事情发生，但愿那时自己可以隐藏住惊讶的神情。

安排好最后一些婚礼的事宜，他们又看了一会电视。其实郑兴的本意是想继续工作的，但是那样的话未免冷落了女友，便决定先陪她看一会儿。他们并肩坐着，女友的头靠在他肩上，垂下的发丝在他的手臂上轻轻拂动，他们有说有笑地聊着，直到女友快入睡时，他才去了书房。他听到门外女友进浴室洗澡的声音，接着拖鞋声领她进了卧室。等他工作结束后，他用手机打着手电钻进了被窝。棉被一侧微微隆起，想必女友早已坠入梦乡。他在黑暗中摸索着抱住她，忘却了白日为裁员所困的烦恼，安稳地睡去了。

· 05 ·

第二天郑兴一进公司，就看见前台上又堆满了快递，前台的女士像盯梢般注视着进来的每一个员工，以便用最高的效率在目标走近时说一句"你好，这里有一封你的快递"。郑兴当然不愿意这种事发生，他低着头避开她们的目光快速走去。直到踏入工作室，意识到身后始终没有传来那声噩耗，他才长舒一口气。但是，还未等他坐下，一只手就搭在了他的肩上，当他转过头发现领头人带着微笑的面容时，他不自觉地发出了惊讶的声音，因为他还从来没有见过领头人笑，仿佛在这张遍布阴郁和冷峻的土地上，笑这种表情没有丝毫立足之地。一旦被扭曲着强行塞入，反倒更令人毛骨悚然。领头人说："今天得麻烦你出去跑一趟。""尽管吩咐。"郑兴说。领头人敛起了笑容，这遽然的变化无非是因为他已经认定，这笑容已经完成了在大清早拉近两人关系以使布置工作不再显得那么唐突的任务，当然，纵然只是几秒的时间，维持笑容对他来说也未免过于吃力。他一点都没察觉这种僵硬的刻意行为反而适得其反，不过在恢复了往常的铁青脸色后自在了许多，他活动活动脸上的肌肉，一本正经地说："西坪区的奥尔塔公司在集动能装置的使用上可能存在违规情况，你先去那里调查一下，知道怎么调查的吧？""知道是知道"，郑兴看了一眼属于老高的空座位，"但是西坪区不是老高负责的吗？"领头人说："是的，违规的情况也是他从数据中发现的，他昨天一直工作到半夜，从茫茫数据中找出这个差错并不容易，这使他身体也出了些毛病，今天上午不得不在家休息，所以只能麻烦你了。"郑兴其实还想说，即便如此，麦河和领头人自己也完全可以做这个事，但是他没有就此提出疑问，反而因此认为这是自己得到重用的证明，便欣然接受了领头人的命令——事实上，他除了接受也没有别的选择。"老高的数据和奥尔塔公司的地址我已发到你的邮箱，"领头人说，"希望你能好好干。"最后这句话使郑兴回味良久，他越想越觉得其中意味深长，这既代表着此项任务也许有预料之外的艰难，也可能预示着自己的前途会因此更为光明，这两者往往是相辅相成的。

一路上郑兴在颠簸的车里不断研读着邮件里的数据，由于集动能装置的庞杂性，尚有相当一部分的数据无法传输，他只能在这最关键的几项数据上进行推断，并验证老高和领头人的结论。他在奥尔塔公司的前台沙发上等候了一个小时，望着人们陆陆续续地赶来上班。没有人看他一眼，好像经常有人在沙发上等候似的，而实际上它的经营规模完全衬不上这样的繁忙业务，这也是此番调查的原因——数据显示出了对他们来说过高的集动能使用频率。后来，一个体形庞大的、敞着格子西装的女人进来了，她站在前台边和工作人员低声说了几句，将通往办公区域的长廊堵得水泄不通。直到转过身来朝里走向沙发，身后排队的人群才稀稀拉拉地跟进，在她让出身侧的空间时一溜烟地涌进办公室。那女人朝郑兴伸出手，响亮地说："你好，我是这边的集动能装置负责人，名叫王朵。花朵的朵。"郑兴的目光从眼前的电脑抬向了她那张鼓满白肉的脸，有气无力地和她握了个手。

· 06 ·

他们的谈话是在最里间一个会议室里进行的。郑兴开门见山地告诉她，需要看一下奥尔塔公司的集动能使用报表，因为数据表明贵公司在主体业务经营以外还存在着使用集动能进行地下非法交易的可能。"这是不可能的，"王朵断然说道，"我们公司从来不会干这样的事。""我也这么认为，"郑兴说，"但正因为此，才需要核对报表，找出异常数据的来源。""核对是没有问题的，"她说，"但是我想我们有必要先沟通清楚究竟是哪方面的数据产生了偏差，因为你知道的，集动能装置的数据繁杂，即便是让您核对，也需从中挑选相关的数据。""这并不难。"郑兴说着就打开了随身携带的电脑，调出从领头人那里传来的数据，侧过身子对王朵细细说明起来。王朵与其说整个身体陷在座位里，不如说使座位陷进了她屁股上那海水般的肉块里，她漫不经心地看着屏幕，好像随时就会睡过去。吃不准她随着郑兴话语的那一次次点头是出于同意还是无法阻挡的困意，等到郑兴说明完毕，她打了个呵欠，惺忪地说："很好。"她懒洋洋的语气里却似乎裹着与之完全不相称的自信，"从数据上来看，确实存在疑问，不过如果真是那样，那么地下交易一定也涉及另一家公司，是这样没错吧？""没错。""那么，可否让我看看另一家公司的数据呢？"郑兴感觉有些不妙，因为他确实没有考虑到需要寻找另一家同样数据有疑问的公司，但他依然沉着冷静地回答道："抱歉，这涉及公司机密。""不无道理，"王朵说，"那么是否至少能告知是哪一家公司与我们在进行着非法交易呢？我想，这从数据上应该很好判断——如果两家公司都在某一条目的数据上出现了漏洞的话，就大致可以判断这一点。"郑兴说："对不起，这也涉及到我们的机密。""这也机密那也机密，唯有我们需要接受审核这一点才是我们仅有权利得知的唯一消息吗？"郑兴感觉到这个女人远比看上去精明，他说："我希望你能尊重我们的专业性。""事实上，"王朵咳嗽了一声，稍稍坐直身子说，"出了这种程度的数据偏差，即使真有你们所说的那种非法行为，也绝不至于犯这样的错误的。依我看——当然，这并不是在质疑贵公司的专业性，因为集动能本身就是一个如谜团般变幻莫测的庞杂系统，任何一点偏颇的分析方法都会导致结果的错误，正如这一回所发生的一样。这是一种计算方法上的偏差，而并非由于我们所做过的子虚乌有的事情。""你还是在质疑我们的专业性。""专业性，"王朵短粗的手指在座位扶手上缓缓地敲击着说，"在集动能面前没有专业性可言，因为它太复杂，太善变，所需要的理论知识和工作经验多到难以想象。不介意的话，是否可以告诉我您在这个岗位上干了多久？"郑兴感到浑身发痒，为了维护公司和自己的尊严，他不得已地说道："五年。我从毕业起就来到了公司，并一直从事集动能装置的维护和分析工作。我们每年都有长达两个月的专门培训，团队领头人甚至还得过行业内的奖项……""奖项！"王朵朗声笑起来，笑得窗玻璃也一颤一颤，"得了吧，谁都知道这奖项是怎么回事。就连那些颁奖的人也搞不明白集动能真正的原理和前景，他们只知道整天发布些故弄玄虚的行业新闻和前后矛盾的理论知识，一旦有人问起来，就用各种自己也解释不清的专业术语将它包装得煞有介事，然后把奖颁给那些同样能够这样胡说八道的人，这些人，你知道的，往往跟他们是一丘之貉。他们就这样把这个行业维护成一个没有人能够接近的高等禁区,并享受着这种被人敬畏的虚幻感觉。而事实上,谁都不晓得集动能真正的奥秘。这是毫无疑问的,你看这么多年来,无论他们声称做出了怎样的成果,在操作和功能的拓展运用上我们依然还是遵奉着老一套——他们完全没有带来任何实质性的进步。我从事这份工作已经二十年了,二十年,在这个时代至少发生了三次技术变革,但没有一次和集动能装置有关——这可是现在全球应用最广的系统装置。有一回,我受邀参加了一次集动能协会会员的私人聚餐,其中也包括贵公司的老板,席间他们从头到尾没有提到一句关于集动能的事,而是大聊特聊电影明星、体育比赛和女人,他们提到电影的叙事结构,看法很蹩脚,却依然自得其乐。到了第二年——如果你对此有过关注的话,第二年就有人因为提出了集动能装置内部的叙事结构理论而得了一项协会大奖,而这个人当时也在那场聚餐中,你就知道这一切有多么荒唐了吧!就是这样,集动能协会尽其所能保持它的神秘感和权威性,然后和贵公司这样的行业巨头一起合作将其垄断,收取万世不竭的利润,这就是整个行业的秘密。而我,由于没有和他们同流合污,因此只能在这样的小公司里工作,并且还要时不时接受来自他们的恶意审查和下流捉弄。"郑兴的脸这时青一阵紫一阵,他显然被王朵的话气到了,他甚至忘了自己接触这个行业不过也才几天而已,却仿佛拥有了一种不可侵犯的自豪感,他说:"在我看来,您刚才所说的一席话只是您由于蹉跎时光所引起的愤世嫉俗罢了。"王朵圆滚滚的肚子大幅度地缓缓起伏一阵,接着笑了起来:"当然,我知道人们不会听信我的这些话,他们也知道这一点,正因如此我还能在这个位置上苟且混口饭吃。我也确实因为这二十多年的经历愤世嫉俗过,这点你说的并没有错,但那都是过去的事了,现在已经好了不少,至少我已经可以客观地看待这一切了。但是你,小伙子,我很遗憾你仍对这个行业、这家公司抱有忠诚的希望,那是一种错误的希望。出于好心,我想简单地问你一句,一个对于在这个行业做了五年的工作者来说再基础不过的问题:您是否曾亲眼见过集动能装置?"郑兴的脸扭成一团,他意识到自己被刚才撒的那个谎处处掣肘,很显然,一个进入这个行业没几天的人没有见过集动能装置是一件再正常不过的事,但他为了维护那个谎言却没法这么说。"确实没有,"他谨慎地说,"但是这并不重要,因为书本中到处都是关于它的介绍。是否亲眼见过已经无足轻重了。况且,您不能因此就来说明集动能装置是个彻头彻尾的骗局吧?""当然不是!"王朵说,"这是明摆着的,家家户户都在使用集动能装置,可是协会的人是不会让任何人真的目睹到它的。因为一旦它的样貌暴露了,之后的各种新型理论就会受到限制,也就是说,不知从哪一刻开始,集动能装置的一切就由他们说了算,而人们却无从考证。书本上的图画也好、文字也好,充其量都只是片面的细节，他们随时都能在不违背这些内容的基础上进行对他们有利的新说明。小伙子，我希望你能明白，这并非是在质疑或者蛊惑你。对我们的质疑贵公司也是由来已久，而且他们每次都会换一个人来交涉，好让我在这无穷无尽的解释中变得疲惫麻木。了解了这一切，我们可以言归正传——时候也不早了——想要我们交出数据报表进行审核，进而开展各种繁琐的拷问，这不是不行，然而，我希望你们能给出一个更具说服力的原因，也就是说，至少再拿出一个公司的偏差数据，与我们的数据进行相关对比分析。不然的话，我并不能全盘交出敝公司的数据，我这边也有我的职责，还请您多多理解。"

· 07 ·

回公司之前，郑兴在路边的小店里一边吃午饭一边思考王朵说的话，很快，他找到了其中的漏洞：显然，王朵甚至都没有发现他所谓的"干了五年"只是一个谎言，他信口编造的领头人得奖的事情也被她借题发挥地大讲了一通，如果她连这个眼力都没有的话，又怎能说明她对于行业内部的看法是正确的呢？因此，在他看来，那只不过是为了拖延调查所找的借口罢了。不过，她有一点是说对了，那就是数据的偏差确实不会孤立存在。那么接下去的事就是从茫茫资料中找出另一家公司的问题数据。这么想着，他迅速扒完了饭，就前往工作室着手这一任务。他一进门，领头人就再度露出了那个僵硬的笑容，问道："事情办得怎么样了？""确实有嫌疑，但是仍需要更多的数据支撑，我立刻就去做。会尽快解决这事。"他说。"好。"领头人一下子收起笑容，一边打字一边言简意赅地回答道。老高已经来到了办公室，他和麦河坐在各自的座位上，对郑兴和领头人的谈话不闻不问，就像是把头埋进了集动能装置知识的深海里一样，偶尔才探出头来，和同事们沟通一些必要的情况，但没说几句就又低下头去了。

　　起初，一切都进行得很顺利，虽然刚上手没多久，但郑兴已经渐渐摸熟了（他认为正确的）分析数据的方法，然而几个小时后，他开始焦虑起来，因为他忽然想到，另一家出错的公司也许不归自己的管辖范围，而是在老高或者麦河的区域里。他从这时便开始分心了，他一面工作，一面竖起耳朵倾听身边这两人的动静，满心期待着他们发出表示疑惑的声音，但他们不是在交流工作，就是为了舒展身体动了一下椅子，总之，那些和环境不相符的声音到头来也没有给郑兴带来他真正想要的东西。他就只能一边工作一边这么等着，除此以外别无他法。因为一旦真有什么意外的发现，他们一定会报告给领头人，就像老高昨晚做的那样。郑兴自己的区域里目前还没有新的偏差数据出现，当然，他才刚完成了开头的一小部分，还有很多公司很多数据在等着他，如果偏差数据就在其中，那最好不过，他想。他就这样一直工作到同事们全都下班离开办公室，饥饿感悠然扩张，才收拾东西回家。一进家门，在女友的提醒下，他倏然想起自己忘了邀请同事们来自己的婚礼。

第二天上班的时候，他决定先把这件事给完成了。他走到领头人的桌前，先向他汇报了一下最近的工作进度。"好，"领头人说，"奥尔塔公司的事怎么样了？""还在处理中，"郑兴说，"因为孤立的数据很难说明问题，所以我正在试图从数据中找到另一家对应的公司，来证明它和奥尔塔公司之间可能存在的非正常交易关系。"领头人直直地看着他，不再说"好"了，这种对峙状态让郑兴有些害怕。"你这是在做无用功。"领头人冷冷地说。郑兴吃惊地望着他，静等他接下去的理由，但是等来的却只是一片长久的沉默。他不明白领头人为什么会这么说，可是也不能开口询问，因为那就等于宣告了自己的愚钝。他见领头人始终没有进一步解释的意思，便说："我明白了。""好，"领头人说，"希望你能尽快办成。这件事拖得越久，就会变得越困难。""我明白。"郑兴说完仍然立在那里，像是还有什么需要补充，其实他只是想邀请领头人去他的婚礼而已。他看着领头人一边打字一边打量自己的样子，想着自己被否认的调查方法，紧张地捏起了拳头。领头人说："还有什么事么？""没有了，领头人。"郑兴说着便转身回到了自己的座位，思考那句"无用功"到底是什么意思但手上动作并没有停下来——他继续着那"无用功"的分析工作，他无法找到这条思路的错误之处。麦河和老高一如既往地沉浸在自己的工作中，只有一次，老高回过头来看了郑兴一眼，郑兴起初没有发现，因为他在工作中的专注程度丝毫不逊于另外两位，但没过多久，他就意识到了老高的动作。老高默默地看着他已经有一会了，嘴角带着类似歉意或友好的微笑，他和郑兴对视了几秒后就又把头转过去了，就好像他这一转头只是为了让郑兴发现他似的。郑兴没有在意这个细节，直到中午的时候，他依然没有在数据中找到疏漏之处，才感到这条路正像领头人说的那样越来越像个死胡同。他这时想起了老高转头看向他的眼神，一个念头恍然而生：也许事情的真相正如王朵所言，仅仅是来自一个极其普通的、微小的个人失误。他趁老高出门买午饭时快步跟了上去，一走出公司就向他搭起话来："老高，"他说，尽量保持礼貌，"关于奥尔塔公司的全部数据和分析过程，你下午能否给我看一下？你知道的，要处理这件事需要这些资料。"老高停下了脚步，瞪大了眼睛看着他，说："那数据可不好传输，太多了。核心的资料领头人应该已发你了吧？""没错，"郑兴说，"但我还想仔细看看其中是否有我们自身疏忽的地方。""你是说我们的计算结果有问题？"老高像是受了某种惊吓，"这不可能，郑兴，这不可能。且不说我——尽管我已经经过了严密的推演，发生错误的概率已然降至最低，如果可以用不那么谦逊但是不无道理的说法的话——整个分析过程和结论我是发给领头人看过的，经过了他的审核和认可。也就是说，它经过了两重考验。""领头人已经看过了？"郑兴说。"没错，不然的话他不会交给你去办——当然，这件事上我得感谢你，因为这本该是我做的。""这倒不是问题的关键，"郑兴说，他直至此刻还抱着通过此次表现来获取上级信任甚至提拔的幻想，"我是想说，当然，领头人看过的话，一切都毋庸置疑。但是，由于数据量太过庞大，导致对同一公司的分析存在着无数的方法和视角，如果可能的话，我想通过对其多方面的考察来寻找解决这个事情最合理的突破口，这不是怀疑你或者领头人，而是想拥有更多的情报来使这件事得到完美的解决。""唔……"老高摸着自己的下巴又开始走了起来，郑兴也跟着他去超市买了速食的便当，坐电梯上来的时候老高才给了答复："好吧，"他说，"你说得有道理，但是这个数据无论如何是没法传输的，我想你也知道，那就只能和领头人申请下午调换一下座位，麻烦你在我的电脑上进行工作了。""实在太感谢了。"郑兴说。"哪里，我要感谢你才对。"老高走出电梯的时候灿烂地一笑，"要不是我身子骨不行了，怎么也不该让你替我干。"这时他们已经进入公司了，便像是被同一场灾难震惊到了一样不约而同地停止了对话。他们一前一后沉默着进了工作室。

领头人在座位上听了郑兴的请求,轻轻地摇了摇头,手指敲击键盘的速度也变慢了,他说:"问题不在于这件事所牵涉到的数据,而在于处理这件事的方式。"他眉心一皱,像看太阳似的眯着眼看着郑兴。郑兴再度为他这模棱两可的话语感到困惑,同时,令领头人再一次失望这件事使他自己苦恼万分,无论如何他得做些什么或者说些什么,来证明自己完全能够按照领头人的意思处理好这件事。"我明白了,"他说,"那么,请允许我再前往奥尔塔公司,我想,这一次这件事一定可以彻底解决了。""好。"领头人干脆的回答令他放下心来,看样子自己这一回是走对路了。他将电脑和资料收拾进包里,临走前还向领头人道了一声谢:"谢谢您的指导和建议,请等我的好消息。"

· 08 ·

郑兴只有一个模糊的主意,那就是:关于奥尔塔公司的事,只能在奥尔塔公司解决。他不知道这是否正是领头人想说的意思,也不知道真去了奥尔塔公司该怎么做,但这是他现在唯一能走的路。搜查数据也好,寻找另一家公司也好,到头来,这些都是"无用功"。领头人说的没错,我们需要用、也只能用最直接的方式,不然,一不留神就会进入他们的圈套。这样想着，郑兴一在前台处见到王朵，就用一种凛然的语气层层顶开她脸上传来的虚伪的笑意，将命令式的话语毫不留情地摔向她那又肥又扁的鼻子："我需要你们公司近半年的集动能运行数据。"王朵被这个年轻人突如其来的严厉给震惊了几秒，可是很快她又回过神来说："那是否找到另一家……""不需要另一家，"郑兴说，"如果查到这里的数据有问题，那么就只需要在这里调查，不是吗？何必要辛辛苦苦找另一家，另一家是另一家的事，我们自会跟进。但是现在，对于我郑兴而言，我的使命就是检查这里——奥尔塔公司——的集动能装置使用情况是否有异常。希望你可以配合我们工作。"王朵与其说被郑兴的这番新模样震慑，不如说惊奇更多一些。她好奇究竟发生了什么使他产生了如此变化，其实她大概能猜出来，毕竟她在职场也摸爬滚打了这么多年。出于怜悯，或者是在前台女士面前进行这样的对话实在不雅观，王朵点了点头，对郑兴说："好，你进来吧。就在我的电脑上查询，没问题吧？""没问题。"郑兴说完后仍感到脸上热喷喷的，他为自己好不容易迈出的这前进的一步感到兴奋。

　　王朵的办公室里有两个工位，另一个工位上坐着一个沉默寡言的小姑娘。"这是我们新来的实习生。"王朵说。郑兴打了个招呼就立刻在王朵的座位上坐了下来，看着王朵一步步调出数据，仔细审视其中是否动了手脚。当一片密密麻麻的数据和图表展现在他眼前后,王朵就从门外拖了张椅子进来,坐到了实习生旁边。"你尽管查吧,"她说,"估计得有好一会儿。""没关系。"郑兴说着就开始了工作。王朵和实习生低声说着什么,时而一起发笑。郑兴摊开书本和资料,对着数据用不同的方法分析计算,任凭她们在身边聊天。尽管他听不清她们在聊什么,但她们一边笑一边看自己的样子看上去就像是在嘲笑。"管你们怎么笑呢!"郑兴这么想着,满怀期待地陷入工作,丝毫不为所动。这两个人没过多久就从抽屉里拿出了一副棋,把实习生桌面上的物件扫到一边,津津有味地下起来。棋子敲击桌面的声音就像是不断前行的秒针,一滴一滴地催促着郑兴完成工作。这种情况一直持续到傍晚,她们连下棋都感到无聊,开始在桌上画画,一人画一人猜,等桌面画满了再用橡皮擦掉从头再来,就这样周而复始。"你们能不能消停会儿?"郑兴说,在他的工作环境,这种事显然是绝不可能发生的。"可是我们并没有发出声音啊。"王朵说。她说得没错,她们不管行为看上去多么怪异,始终都还是尽量压低着声音,生怕打扰了郑兴,或是故意以这种方式更残酷地打扰他。郑兴垂下头来,看着眼前密集计算的草稿,深深地叹了口气。奥尔塔公司的数据本身毫无问题,无论怎么计算,所有的数据都互相印证、来路清晰,就好像精密的蜘蛛网,内部结构完美无缺,只是不知为何与领头人和老高这边的数据互相矛盾。他再一次想到，是不是领头人的数据本身是错的，但这个念头很快就消失了。领头人不会犯错，这是毫无疑问的，在公司里能够做到领头人位置的人绝不可能犯如此低级的错误，就好像一个专业足球运动员不可能不懂得足球的规则是要踢向对方球门。在这种信念的支撑下，他又进一步搜寻了自己没有意识到的思维盲点。"你们的设备，"他对王朵说，"你们的设备可以让我看一下吗？""什么意思？"王朵暂停了作画，看向他问。"你们采用集动能装置并将之支撑业务运行的设备，我想看看是不是设备本身的参数或者运行情况出了问题。""也就是说，从数据上您并没有找出漏洞是吗？"王朵的语气听上去不那么柔和了。但郑兴不为所动："现在看起来是这样没错，因此我想从另一个角度进行排查。""这还有完没完？"王朵挪动她的屁股将椅子朝后退了几分说，"为了你们这莫须有的排查，我们已经耽误了一下午的工作，现在你不仅没有查出任何疏漏，还妄想进入我们的设备库。首先，这不属于我管理的范围。设备库的负责人现在很有可能已经下班了——你可以往办公室外瞧瞧，大多数人都已经下班了，而我们为了不打扰你甚至都没有提前跟你说，而只是乖乖地在这里加班；其次，外人进设备库这件事本身就是不被允许的，因为涉及公司机密，需要相关许可。事实上，小伙子，你完全不必担心，现在你已经做了你该做的一切，有些话我也可以说了。老实说你遇到的这种事我见得多了。隔三差五就会有像你这样的人，跑到我们公司来，根据上级的指令，这里挑挑毛病，那里说说不好，没有毛病就自己编些毛病，编也编不出，就组织各种培训和知识讲座，不仅靠这烦我们，同时还向我们收费。贵公司常常就做些这样的事，靠这来维持自己的统治力。而面对这些措施，我们只能反抗一阵之后乖乖承认错误或者接受培训，我一度想过连反抗也不要反抗，一见到你们就直接承认错误，并上交罚款，省得麻烦。但恰恰每次都是像你这样对这种情况一无所知的人，认真负责，一丝不苟，想要一查到底，每个新人几乎都这样，我就不能直接跳过当中的这些步骤了，就好像一次次地把一座桥建了又拆，我即便早在彼岸，也得眼睁睁地看着你们一回又一回地把桥再造一遍。为了满足你们完成任务的功利心，我得配合你们进行反抗，让你们像解谜游戏那样经历千重万阻发现各种疏漏背后的真实原因好回去邀功请赏，好，那我就告诉你该怎么做吧。"说着，王朵艰难地移动身体，来到郑兴旁边，调出了一份文档，上面标注着一些编目的代号。"这些标注出来的条目，是可以进行一定范围的改动的，"王朵说，"至于可以改动的原因，是因为上个月——就是你所认为的数据出差错的那个月——为了提高产能，我们调用了一台之前从未开启过的备用设备，因为从未开启过，所以它的数据就不那么透明，你可以改到符合你们的数据为止。当然，设备的运行功率、电压、集动能率的数据表得伪造一张覆盖在原件上。这样一来,你就可以将合适的数据报告上去,我们也就扯平了。当然,不管你相不相信,我还是得告诉你,我们是一点疏漏都没有的——切的起因毫无疑问是贵公司的计算中这个说不清是刻意捉弄还是的确偶然的失误。""你是要我弄虚作假吗?"郑兴说,"抱歉,这个我做不到。""你这话说的可就太过分了,"王朵说,"这可不是弄虚作假,而是来自我这个前辈的好心关照。由于年轻,你可能并不理解公司此行派你过来的真正目的,或者不愿那么相信——显而易见,他们就是希望你能带回使我们受到一些小小惩罚的合理借口。而现在,我们因为调动备用设备却没有及时上报,这已经完成了这个要求。你只要带着这个结论回去,保准上司对你刮目相看,我为了你,为了贵公司,甘愿接受这样无中生有的惩罚,已经做出了相当的牺牲,而你,却还在这里泥古不化。""希望你可以理解,我的岗位需要我以这样公正的态度办事,对于这给你造成的麻烦我感到很抱歉,但依然请求您可以配合我们的工作,让我进入设备库进一步调查。""真是无药可救!真是无药可救!"王朵站起身来,把电脑收进桌脚边的公文包,对实习生说,"我们走吧,下班了!"郑兴坐在椅子上一动不动:"那我就坐在这里,坐到天亮,或者找到这里所有依然没有下班的人,直到找到设备库的负责人,让我进入设备库调查,不然我就在这个办公室里一直坐到天亮,等第二天负责人一来继续对他死缠烂打,直到成功为止。""那你失算了,"王朵说,"明天是周六,我们不上班。"郑兴这才想起来,明天非但是周六,还是自己婚礼的日子,但他并没有自乱阵脚,继续厉声说:"那就坐到周一,只要我一天进不了设备库,我的脚就一天不会踏出这个公司的大门。"王朵气得在地上直跺脚,想要拉郑兴起来,他却紧紧扒住桌角。王朵见状又立刻放下手,生怕他抓翻了桌上的文件,她涨红了脸不断摇头,最后才叹了口气,说:"小伙子,小伙子,我输给你了。我倒要看看你能在设备库查出什么花样来!"她吩咐实习生回家后,拿起电话拨通了设备库负责人的号码,负责人正和妻子吃晚餐,不情不愿地答应吃好饭把钥匙送来。郑兴和王朵在办公室一直待到九点才看到忿忿赶来的负责人,他们便拿了钥匙一同前往设备库。"留你看着他没问题吧?"负责人说。"也只能这样了,"王朵说,"这本不关你的事,下了班还要来送钥匙真是麻烦你了。"郑兴也说了类似的话,但负责人似乎还气呼呼的,一边抱怨一边让王朵填写了通行表格,接着把许可证摔在桌上后就坐车回去了。"可千万别给我出什么岔子!"他说。

· 09 ·

两个足球场这么大的设备库里,几架巨型的机器正在嗡嗡作响，每一架都接入了供集动能传输的粗大的电线。王朵依次向郑兴介绍每一种设备的用途，机器上眼花缭乱的信号数字和按钮令郑兴感到无所适从，他有时需要向王朵反复确认好几遍才能记住其中的关联。这就花去了他们两个小时的时间，等到把一切都搞清楚，郑兴就开始记录机器运行的数据，每十分钟，他就要绕着设备走一圈，依次在电脑上记录每架机器的数据，随后进行分析和对比，而在这十分钟的间隙里，他就查询设备以往的运行记录，调查它和自己所持数据的出入，总之，他马不停蹄地进入了新阶段的工作，并且乐在其中，一种他并不知道实际上不存在的希望的光芒指引着他，使他欣然相信能够在今晚的某一秒发现一切差错的原因。王朵坐在狭窄的监控室里，百无聊赖地一会玩着手机一会看书，几度昏昏欲睡，隔了几分钟却又醒来，起初还觉得从监控里观察郑兴的行动十分好笑，后来也就不感兴趣了。她偶尔出去催促他一下，提醒时间不早了，可郑兴始终视若无睹。他早已把时间抛之脑后，一心想要查出数据背后的秘密。由于设备库的封闭性阻绝了信号，他没有收到女友问他怎么还没回家的消息。他的电脑里已经记录了几百组数据，这供他分析好一段时间了。"你这样查是查不出结果的，"王朵说，"就算查出了什么，也只是现在的错误，而并非过去的错误——也就是说跟你们现在所得出的错误数据无关。""不是这样的，"他说，"如果现在能查出错误，那势必意味着过去也存在错误。这无论如何会成为一个突破口。"他嘴上这么说，心底却渐渐感到绝望。完美无缺的数据让一切都无懈可击，他愈发地感觉到，事实的真相的确就是那么简单：就是老高的一次计算失误。可是由于这一结果经过了领头人的认可，因此便具有了不可置疑的正确性，或者说，具有了不可被质疑的属性。一旦质疑，那么受害的只能是自己。接着，他几乎是在一瞬间又产生了另一种疑问，就好像自己的想法从对老高等人的质疑上弹了回来——自己到底是多有底气才能认为这是老高的失误呢？自己接触集动能才不过几天，他的个人判断难道比得上在公司混迹多年的老高和在如此艰难环境下依然被指派到这般重要位置的领头人吗？难道自己能从如此艰深的集动能知识中笃定自己这既肤浅又简单不过的想法竟然是一切错误的根源吗？他无处求助，也无从顿悟，领头人的话又在耳际响起："你这是在做无用功"。也许现在自己所做的又是一次无用功罢了，他再也无法明白这个调查设备库的判断是否正确了，可是除此以外又能如何呢？在这种他已经没有任何掌控力的情况下，只得没有止境地干下去，在明知将会一如既往地无懈可击的数据里寻找奇迹般的、不存在的错误。这种没有尽头的实干本身才是一切的答案：通过自己那勤勉、刻苦、不断的工作，向领头人展现自己踏实、忠诚的品质，至于结果如何，他已不再奢求，他连奢求的画面都组建不全。就是在这种状态下，他重复着枯燥的记录、计算和分析，成了重复的幽灵，徘徊在密不透风的设备库里，直至体力不支而在机器前昏厥过去。王朵在监视器前发现郑兴倒在地上一动不动时，还以为自己犹在刚才的睡梦中昏迷不醒，揉了揉眼睛才发现那并不是幻觉，便冲到设备库，她先叫了几声郑兴的名字，见他毫无反应便往伸手探探他的鼻子，发觉仍有鼻息后才稍许放心，开始不断拍打郑兴的脸庞。郑兴迷迷糊糊地终于醒来后，他说的第一句话是："就照你说的改动数据吧。"王朵哭笑不得，她又拍了他一巴掌："你早这样不就好了嘛！"郑兴笑笑，虚弱地看着眼前的王朵，此刻那张脸已经变得亲切无比了。他紧紧地握着她的手，好像这样可以带来莫大的安全感。

· 10 ·

在监控室改完数据后，郑兴才发现天早已亮了，便匆匆忙忙地回家——他一出设备库就看到女友连夜发来的无数条消息，她已经快被郑兴的失踪给气疯了。但他只是稍微安抚了一下她便又继续改数据了，因为这项工作只能在这里完成，至于调查结论他可以妥协——在婚礼间隙写，然后尽快发给领头人。他曾向领头人许诺这件事一定会尽快完成，而如果隔了周末还没有任何反馈的话，他可一定不会让自己好受。当他到达家门口的时候，他发现伴郎和摄影师们已经站着等他了。

刚一上车准备前往酒店接新娘，郑兴就迫不及待地打开了电脑。他脑中一直在思考着该如何写这封给领头人的汇报邮件，既不能太烦琐，又不能太简略；既不能显得云淡风轻，又最好能够体现出自己为此付出了许多的努力；最后，理想情况下，还需要一个独到的结论。光一句"对方没有及时上报调动备用设备的数据"是不够的，除此以外还得说明今后如何避免这样的疏忽，如何加强监管等等。这些事情搅得郑兴魂不守舍，直到站在新娘的酒店房间门口还在喃喃自语。伴郎见状，只好想办法使场面不至太尴尬，说他是给新娘的美貌吓傻了。可是他依然看不见新娘，只能清晰地看到床中央放着一只红色的高跟鞋。"高跟鞋在新娘身子底下，"他大声说，"虽然你这是耍赖，但我还是找到了。"伴娘们面面相觑，为这不可思议的未卜先知感到恐慌，"是谁泄密了！"她们说。机灵的伴郎这时又跳出来解围："这是心电感应呀！"当郑兴要从女友——现在则是妻子了——的身子底下抽出高跟鞋时，为了确定身体的具体位置，他不得不在她身上来回摸索。众人们都笑了起来，伴郎们笑得尤其兴奋："我就说嘛，新郎早就等不及啦！"这种摸索在后来他为她穿上高跟鞋、以及在婚礼上为她戴戒指时都出现了好几次，这使人们误以为他对妻子的爱怜感人至深。为了把握妻子的位置，他不得不时时刻刻都牵着她的手，这更使所有见到这一细节的人都艳羡不已，也总算把妻子昨晚的怨气渐渐消融了。他终于从来自妻子脑袋的方位中听出了一记羞赧的笑声。在下午拍外景的时候，牺牲午餐时间而专心写汇报邮件的郑兴终于完成了他的作业。（他这时很庆幸看不见妻子，因为她正以她独有的引而不发的方式在脸上做着许多阴阳怪气的表情来吸引郑兴的关心和注意，但显然，这对他完全起不到作用。）邮件顺利发出后，他的心情也骤然疏朗，诚恳地向妻子解释了昨天晚归的缘由，用尽一切花言巧语哄她，拍照时还笑得情真意切。唯有当摄影师要求他们深情对望时，他心里才有些忐忑，因为他只能凭感觉凝视理应是她眼睛所在的位置，所幸妻子始终没说什么，语气也越来越放松，他这才安下心来。事实上，整个一天的婚礼，除了晚上婚宴敬酒时不小心踩到了妻子的脚，几本没有再出过什么差错，他甚至因此为傲，认为自己在这一天不仅完美地解决了上司分派的任务，而且在众目睽睽之下依然可以安然无恙地和看不见的妻子配合出一场几乎天衣无缝的恩爱好戏，引得所有人艳羡，以至于他将这视为自己目前人生的缩影：婚姻美满，工作体面，虽然不乏艰辛，但好在统统完美解决。尽管这也要得益于妻子的贤惠和运气的帮助，但总的说来，还是证明了自己在平衡人生方面即使算不上过人也至少拥有差强人意的掌控力。他带着自满的微笑沉沉入睡时,妻子正依偎在他的肩上感动于爱情的甜蜜,似乎全然忘记就在昨天晚上她还联系不到自己心爱的未婚夫,也更无法晓得这一觉醒来一切将会发生多么突如其来的变化。当然,在于郑兴这更是一种意料不到的打击。这种打击首先来自一种预感,当他被第二天下午那阵平稳的敲门声惊扰时,他理应想到这是父母,或者岳父岳母,为昨晚婚礼上的疏漏或者琐事做一些善后工作,可是他脑中跳出的第一个画面却是领头人的身影。他飞快地从餐椅上站起身,像在和谁比赛似的冲到前厅开了门。妻子暂停了他们正在手机上看的节目,接着便抬眼望向门口那个穿着黑色风衣、笑容古怪的高鼻梁男子。"领头人……"郑兴说,虽然这并不出乎他的意料却仍然使他困惑万分。"听说昨天是你婚礼啊,特来恭喜你一下。没有打扰吧?"领头人说着从怀里掏出一封崭新的红包,双手捧着递给了郑兴。"没有没有。谢谢谢谢。"郑兴一面迟疑地收下红包,一面关切地请领头人进了客厅。等领头人换好拖鞋再度面向他的时候,脸上的笑容又像往常那样消失了。他们并排坐在沙发上,餐桌那边响起碗碟碰撞的声音,是妻子在收拾呢。领头人往那儿看了足足有一分钟之久,像是在研究他们桌上的饭菜。郑兴解释道:"刚吃完饭,有点乱,不好意思。""没有关系。"领头人这么说着脸却还是朝着餐桌,郑兴不知道妻子是不是被看得羞赧或者紧张起来,但至少他自己已经六神无主了。他想，该不会是自己动手脚的事被发现了吧，可是一切明明都做得滴水不漏。他猜得有几分正确，却也不无偏差。领头人终于转过头来，拿出一本笔记本，一支蓝色水笔，最后将一支录音笔打开放在了茶几上，咳嗽了一声，说："是这样的。这次拜访有些冒昧，但希望你能理解。因为基于公司制度的规定，需要进行一次对于你这样的员工的家访。""我这样的员工？""是的，"领头人说，"对于对公司存在着潜在不忠行为的员工，我们需要进行一次谨慎的家访作为评判依据。""不忠行为？"郑兴颤抖的语气已经透露出了他内心的不安。"只是潜在的而非实质的，这正是家访的必要性所在。""可是……""让我们从头说起。"领头人说："时间是在本周四，由于发现西坪区的奥尔塔公司存在异常数据，我作为领头人指派你前往彼公司进行调查，这没错吧？""没错。""随后通过两天的调查，你在周六的下午向我发送了一份汇报邮件，其中指出奥尔塔公司由于在三月份调动了一台备用设备而未及时上传数据，因此才造成了数据上的不匹配，而经过你这两天——不得不说，如果确实完成了任务，这算是相当迅捷的了——这两天的调查，找出了备用设备的运行数据，经过计算和分析后，由于与我们的原始数据相一致，便下了定论，认为这就是数据偏差的最终原因，是这样吗？""是的，没错。""好，这些在你的邮件里也已有充分和清晰的说明，我想也无需过多解释。如果不是我部门的另一员工麦河的发现,那么这个无懈可击的计划将被永远地写入真相的背面。然而得益于集动能理论日新月异的发展和行业员工孜孜不倦的努力,才使得科技的进步永远不会被谎言所阻碍。周五下午,麦河通过他细致的研究和富有创造力的思想,在原有的分析方法上进行了创造性的改善,这种改善使得集动能理论更为完备、全面,同时解决了旧时理论的一些固有难题。当然,这种创新思想需要经过检验和论证,于是我们部门员工——我、老高和麦河——一起针对这个新的分析方法进行了全面的计算,以印证它的正确性和可行性。在周六,我们终于可以宣布,那是一个没有问题的分析方法。我们用这种分析方法重新计算了已有的数据,发现一切都完美无缺地吻和,它们互相印证、互相牵连,并且根据实时数据的观测还表明,它具有某种前瞻性和预判性,只欠缺一点,几乎就可以认为是一项激动人心的重大发现。那一点,便是你从奥尔塔公司带回来的调查结果。然而不幸的是,这份结果并没有印证我们的观点。我们当然不会武断地认为你一定就是错的,而我们的新理论是正确的,因此我们又重新进行了一遍核算,检查新理论中的漏洞,同时也将你的数据代入不同公式进行比对。很可惜——当然仅是对你而言可惜,对于集动能行业而言毫无疑问是一大幸事——我们得出结论:新理论毋庸置疑是正确的。这个结论还得到了上司的认同,他在周六花了一晚上的时间仔细研读我们的研究成果，最终对这一项喜人的贡献感到欣慰和满足，它来的那么突然，正如许多其他伟大的理论发现一样，迅速而且几乎没有预兆。也幸亏如此，它也同时昭示了你——郑兴——在调查过程中所可能进行的违反行规和职业道德的行为。因为你的数据与旧理论严丝合缝，在这已被证明是错误的理论下，这种严丝合缝显然不可能出于偶然。"郑兴说："听上去我确实很有嫌疑，我承认这一点，但我必须要说，这绝非出于我的主观误断，因为据你的说法，新理论的诞生是在周五的下午，而那个时候我正在奥尔塔公司进行调查，也就是说，我对新理论仍然一无所知，一心秉持着对旧理论的信奉，也是在那种信念下得出了那种结论。你也知道，在奥尔塔公司所得出的数据并不是孤立的，它也需要以旧理论、旧数据为样本进行优化和建模，而我当时的依据则毫无疑问只能是所谓的旧理论，我是在旧理论的指导下，得到了符合旧理论的结果，这一结果在现在看来当然是错的，但由于这是建立在以往的错误理论上的结果，因此并非我个人的失误，更谈不上对于公司的不忠。当然，我也对新理论的发现感到欣喜，也为行业如此迅捷的变革感到高兴，可是，它不能证明我的错误。"领头人在纸上沙沙地写着，他在某些词句上画了个圈，反复描了几遍，才说："显然，你现在说的话正在把你引向你自己都未曾意识到的不利的位置，"他放下笔看着郑兴，"如果不是我们已经前往奥尔塔公司的设备库进行了更为深入的调查——为了严谨地确保新理论的正确性,核验你从那儿带回来的数据错误的原因——就连我也会被你刚才的这番言论迷惑。是的,你说的一切都站得住脚,但是你忘了一点——或者你有意规避了一点——这些都得建立在数据真实的基础上。事实上,我们在奥尔塔公司的设备库发现,备用设备上的运行数据标识经过了篡改,当然,你依然可以狡辩,称那是在你前往奥尔塔公司之前发生的事,但又一个过于巧合的事实是:经篡改之后的数据与你从我们公司带去的数据如此相符。这就意味着你是在介入了调查之后,为了配合原始数据而进行的恶意篡改。也正是由此,我们有理由怀疑你与奥尔塔公司有秘而不宣的勾当,一起合谋制造数据。这种背叛,这种对公司的不忠,显然是无法被容忍的。"郑兴开始感到脸颊发烫了,领头人所说几乎与事实一模一样,可是他却饱含冤屈,他所做的这一切,可不是为了掩盖领头人和老高自身所犯下的错误么?然而他又不能这么说,出于他们尤其是领头人的权威性他无法这么说,更何况在所谓的新理论体系中,他们的数据也并没有任何错误。或许,他想,这所谓的新理论只是一个他们掩盖自己失误的说辞?这不是不可能的,他如此地笃定,这甚至是最有可能的事实,因为一切都发生地太过突然、太过巧合、太过难以置信,这么着,他显然已经不顾后路地问道:"那么,领头人先生,我想知道,所谓的新理论具体是指什么样的分析方法呢？眼下根据一切事实所得出的推论与我自身的记忆和经验并不相符，因此我想由数据查看这一切的问题所在。""很抱歉，郑兴先生，"领头人说，"由于你与奥尔塔公司存在私通的嫌疑，这份最新的理论研究成果并不能交付于你，我们甚至不知道你是否已经将公司原有的机密泄露给了对方。""这是不可能的，绝不可能！"郑兴说，"我对公司的忠诚上天可鉴，这样的事情我绝对干不出来。"领头人说："我想就连你自己也清楚，你这一番话现在听来是多么苍白无力。好吧，那么，既然你说这一切与事实不相符，不如叙述一下你在这两天中的调查过程吧——你是如何得出了这样的数据。"郑兴紧张地呼吸着，他看着一闪一闪亮着红灯的录音笔，仔细回忆起过去两天发生的事，他该如何说明呢？该如何说明王朵对他说的一切黑幕呢？公司指派他去调查只是为了捉弄一下奥尔塔公司？显然他无法这么说。当他想到这里的时候，他忽然怀疑起王朵来，莫非这一切实际是王朵对自己的报复？但他立刻又推翻了——这显然是不可能的，因为现在就连王朵自己也被牵连了进去，而这并不是不可预见的。他在受害论的思绪中越走越远，接着又很自然地想到，这一系列不可避免的事件也许是公司为了辞退自己采取的手段。可是自己不过是个再普通不过的基层员工，且不说自己有什么值得被针对的资格，即便真要辞退自己，无非也是一封快递就能解决的事呀！至于老高和麦河，则更没有证据表明是为了挤对自己而谋划了这一切。他左顾右盼，神情怅惘，他分不清究竟谁是真正的敌人，分不清是谁、又是为何要针对自己，而极有可能的事实是：没有任何敌人，也没有任何人在针对他，而这正是最可怕的一点。他此刻才明白，自己身处巨大的无知之中，而他自始至终都未曾拥有看清一切的本事和机会。这时，两杯在空中悬浮的澄澈的盛满茶水的玻璃杯随着脚步声缓缓地移来，它们被安稳地放在领头人和郑兴面前的茶几上。妻子体贴地说："两位喝点水吧。"随后郑兴就看到沙发另一端的一张单人沙发凹陷下去。他感到些许欣慰了：自己还有妻子。这种安全感令他冷静了下来，他举起茶杯吹了吹，又放了下来，说："在我的记忆里，事实很简单。"他坚定不移地看着领头人，"我奉命前往奥尔塔公司，与那边的集动能设备负责人王朵进行了交谈，首先对他们公司的数据进行了彻底的分析——那是在周五的下午，整整一个下午——在发现数据上没有问题之后，我又跟随她去了公司的设备库，试图从设备层面找到答案，而最终的结果就如汇报邮件里说的那样——它们调用了并未事先报告的备用设备。这一切都可以和王朵、以及设备库的负责人求证，甚至还有当时进入设备库的许可证明。"领头人停下了在纸上记录的笔，一边用鼻子出了声气，说："这又差点掉入你的诡计了。如果你已和对方私通，对方又怎能给出不利于你的证明呢？"郑兴捶了一下自己的大腿，在不至于过分失礼的程度下拔高了声调说："恕我直言，领头人先生，您的用词我并不能认同。'诡计''狡辩''谎言'，就好像已经断定我是个罪人似的，而最浅显的道理是，如果我真如您说的那样与奥尔塔公司私通，那么我的目的是什么呢？我为何要犯如此之险来换回一无所有的回报呢？您完全可以遣人搜查奥尔塔公司的财务报表，甚至动用警方资源，来证明不会有任何不明资金流向我的账户，另外，难道有充分的证据可以证明我切实向他们泄露了什么我们公司的情报吗？""这当然是没有的，这正是难点所在，"领头人握着笔做着手势说，"即便他们拥有了这样的情报，也很难认定是由你这边泄露过去的，这方面想必你们也不会露出这样的马脚。所以这次家访更具有不可替代的必要性。我们只能——如果不能说切实下定论的话，至少也有足够的理由怀疑——您与王朵之间有不洁之染。"郑兴先是愣了一下，他在脑中反复回响着领头人的话语，待到反应过来后，他非但不感到生气，反而笑了起来："领头人先生，现在可不是开玩笑的时候。"领头人没有理会他的回应，继续往下说："正像你刚才说的那样，周五的晚上你和王朵一起进入了设备库调查，然而没有说的是，设备库负责人在那以后就回家了，而你们——你和王朵两个人——则在设备库待了整整一个晚上，直到第二天凌晨才离开。如果照你的说法，你在设备库得出的结论仅仅是调动了备用设备的话,又怎会用上这么久呢?难道这一切还不足够令人怀疑吗?"郑兴耸了耸肩,说:"用这么久是因为我起先花了许多时间在学习和计算每架设备的运行方式,实时监测它们的运行数据,这些记录至今还在我的电脑里,如果需要您随时可以查看。其次,尽管确实设备库里仅有我们两人,但事实上她大部分时间都一直待在监控室里,这一点,如果调出监控记录也可以为我证明。"领头人一边记录一边立刻回答道:"不用你说,老高正在着手调查此事,可由于时间有限,目前还没有完成。为了你,他不得不在周末加班干这种几乎与工作无关的活计,希望他能够得到有说服力的结论。""我相信监控录像一定会证明我的清白。"郑兴刚想这么说,话几乎到了牙齿尖上,却陡然想起那个清晨他从昏厥中醒来后,是在监控室和王朵一起修改了数据。监控室!他绝望地想到,监控室本身是没有监控的。这至少有两个小时的时间就这么阴差阳错地横亘在他离开监控的视线和走出整幢设备库之间,这两个小时,没有任何证据的两个小时,几乎没有任何悬念地将被老高、被麦河、被领头人无情地揪住不放。郑兴无助地看向妻子,但那个地方一无所有,只有一块不具有任何意义的凹陷,他不知道妻子是什么表情,不知道妻子内心是否真的相信领头人的话。恐惧和担忧在他的脸上赫然浮起。刚停下笔喝完一口茶水的领头人一放下杯子就敏锐地抓住了这一细节,不动声色地说:"你现在的表情看起来就像是在回顾犯案过程可能留下的蛛丝马迹。"
"不，不是这样的，领头人先生。"郑兴说："事实上根本无需那么多累赘的证明，如果您见过王朵，您就立刻会知道，针对我的这种猜测完全是不成立的。我说这话并无冒犯的意思，但那是一位几乎任何男人都不会对其一见钟情的女人。任何一位男人，在拥有像我这样美貌的妻子后，即便真会对另一个女人有非分之想，那人也绝不可能是王朵。"领头人仰起头，将视线掠过郑兴头顶似的看着他，说："你这话就更显得无礼和卑劣了。且不说你与她存在着什么样的关系，单是对任何一位陌生的女性，这都是极大的不尊重。而这种人格污点，恰恰也从某种维度加强了你私通奥尔塔公司的可能性。""领头人先生！"郑兴站了起来，手指向单人沙发说道，"您这是对我们夫妻感情极大的污蔑啊！我和妻子自大学起至今已经相恋七年，任何一个认识我们的人都可以见证这段感情的真挚，我们和别的再普通不过的恋人一样，自然有过争执，有过不快，可是那只会让我们更加理解彼此，更加热爱生活，而不曾使我对她的爱意产生丝毫的减少。就在昨天，我们举行了婚礼，那是一场甜蜜、浪漫、得到所有人祝福的天下最美好的婚礼。您认为在拥有如此美满的爱情之后，我还会干出那样的事吗？""请你冷静！"领头人示意郑兴坐下并平复心情，接着说道，"尽管你如此情真意切，可是我们所得到的信息却依然无法有力地支持这一点。你刚才自己也提到，虽然昨天是你的婚礼，但是你在凌晨之前都处在无法联络的状态，对于一个如此热爱妻子的人，你认为在婚礼前夜毫无预兆地夜不归宿，和另一个女性共处一室，并且断绝一切联络是一件正常的事吗？"郑兴说："那是因为设备库里没有电话信号，这点也是可以查证的，而至于夜不归宿，确实是我的不对，然而，那也是出于工作上的——我不想自夸，但我可以坦荡地说出这个词——责任心，因为事先曾向您承诺过，奥尔塔公司的事我会尽快办妥，这才迫于无奈连夜赶工，我认为这只是一个天大的误解。"领头人点了点头，不疾不徐地说："当然，你完全可以这么解释，尽管事实上你完全有更好的平衡方式，譬如至少一次，走出设备库，打一通电话给妻子，向她说明一下情况。但是你没有这么做，这丝毫不令人意外，因为如果不说你已经彻底忘了婚礼这回事的话，至少也将它，将你的妻子，将你所谓的天下最美好的婚礼放在心中最底层——几乎随时可以忽略的位置。也正因如此，你非但没有邀请任何一位公司的同事参加婚礼——是的，这是你的自由，这没有什么——可是你在公司的这许多天，也丝毫没有流露出对于婚礼的一点一滴的期待和喜悦之情，事实上，你连提都不曾提及，如果明天老高、麦河、或者随便一位同事得知你结婚的消息，他们想必都会如同看到在公司里举行赛马比赛似的感到惊讶。造成这一点的原因，若不是你对这婚礼怀有羞耻之心不愿让人知道，就是你压根已将之置之度外，无论哪一点，都不像是一个如此热爱妻子的人所能表现出来的样子。如果这还不够的话——经我们多方打听，我们还了解到——你在婚礼中的表现，尤其是上午接新娘时，总表现出一副魂不守舍的样子，眼神中透着茫然，似乎对发生的一切都感到莫名其妙，这一切——也许需要尊夫人的佐证——直到下午外出照相时才逐渐好转，而据我们得到的消息，那是因为令妻及时地提醒了你，帮助你恢复那不知所在的神智。更不用说自我进这屋子以来——我早就留意甚至怀着某种期望，但是——你不仅从未对妻子说过一句话，甚至连看都没有看她一眼。以上的种种线索，倘若单独看，自然可以各有说法，但如果我们将脖子朝后靠靠，以一种更宏观的视角将它们尽数收纳眼底时，那么任谁都能轻易地发现一个再清楚不过的真相：那就是你根本就不像你说的那样热爱你的妻子。"

· 11 ·

郑兴坐在沙发上紧紧捏着拳头，他焦灼地望着单人沙发上的一片空白，好像期盼着妻子在这种凝视下现出原形，但他又因无法承受此刻她脸上可能出现的怀疑之情而降低了这种期盼。他的嘴唇不住地颤抖着，吞吞吐吐地、强弩之末般地描述着婚礼时的场景，这其中当然也包括他想象中妻子那洋溢幸福的表情，可是由于这些描述既缺乏细节，又毫无文采，一点都没有打动到领头人，他几乎精准地从那些细致周密的场景回忆中分辨出了夹杂其中的对妻子的毫无特色的泛泛之谈。在他冰冷的逼视中，郑兴也渐渐失去了自信，像一棵被抽干水分的芦叶那样枯黄地萎靡下来，语言也颤颤巍巍地朝着最终的寂静隐没了。这时，一向保持沉默的妻子开口了，她饱满的声线让空气中顿时又平添了几分生气："领头人先生，"她说，"请原谅我在这个时候插入你们的谈话，但是我想，既然您决定了此次家访，多少也是为了听取我的意见。""是这样的，太太。"妻子严肃起来完全不像是平日里爱开玩笑的样子，她说："你们刚才所说的内容，我每个字都印在了脑海。其中尽管有我已经知道的部分，但也有许多内容是我今天才第一次了解的，可是，我一边听一边在想，我的丈夫是否真如您所推断的那样不爱我呢？我既不愿意那样相信，也不认为事实就是那样。对于这方面，女人有天生的第六感，如果一个男人不爱自己，那么即便他每天满口甜言蜜语、对自己亲吻相拥，女人也一定会保持警惕；相反，如果一个男人爱自己，即便他什么也没做，甚至每天——就像我丈夫那样——都在外工作，她也依然能够感受其中的爱。这种感觉听来像是故弄玄虚，可对于女人来说，却是再简单不过的判断了。事实上，它也并非凭空捏造，一定也来自于生活中一些不经意的细节，譬如说：他同我说话的语气，他眼神中流露出的感情，这些是无论如何不可能通过实在的证据去回溯的。此外，他即便回家后有再多的工作也依然会先陪我看一会电视，他在婚礼中时时刻刻牵着我的手不放仿佛一旦松开我就会飘走似的。这也是无可争议的事实。您说他婚礼时显得浑浑噩噩，那是由于刚刚通宵工作结束的原因，任谁如此都会显得这样憔悴，而且，并不是由于我提醒他才恢复正常的，他是靠着自己的意志回过神来的，也许我脸上略显不悦的表情也起了一些作用，可是，这不恰恰证明了他是时刻注意我、在乎我的吗？总之，领头人先生，如果您在这次家访中想要获取一些新的有用而客观的信息——那可能主要来自我——而不是想通过自己的雄辩来印证一些原本就有的偏见的话，那么希望您可以相信：我们的婚姻生活是无比美满和幸福的，我和他真心相爱，并不认为他有任何与她人私通的可能。关于集动能方面的事我不太懂，您尽可以用您的方式调查、判断，但是无论如何，将与那位王朵女士私通作为动机来推导，在我看来是万万行不通的。"领头人收起了他的本子，说："好。尽管那样说或许显得冷酷无情，我也无意在你们自认为幸福的婚姻基础上进行破坏，但是太太，您方才的阐述由于视角被遮蔽而充满了主观的情绪，或者恰恰相反，被情绪遮蔽了视角，这对于生活来说自然很好，然而对于真相，却是远远不够有说服力。当我们讨论外部世界时，我们必须脱离自身，这对于我也是一样的。不过，您这一番真诚的言论依然会成为我们的参考依据，感谢您的配合。请等待我们的进一步结论。"说完，他便关上了录音笔。在临走之前，郑兴问他明天是否还需要继续上班。领头人的回答中若真含有希望的成分的话，那希望也是笼罩在尘雾之中的。"如果没有得到任何新的消息，自然需要按时上班。"他说完便离开了。

郑兴站在门口，目送领头人消失在视野中后回过头去，单人沙发上已没有了凹陷。妻子在不知何时已经站了起来，往别的什么地方走动着，眼下停留在某处，或近或远，沉默不语。但这并未扰乱郑兴的神思，他盯着一块地板长久凝视，并试图从这一系列的突变中找到出口，他确信自己有一瞬间被击倒了，以至于不得不由妻子出来替他挽回局面，这固然令他感激不已，甚至恨不得立刻抱住她，但是即便如此，妻子的话所起到的作用也极其有限，领头人的回答很显然地表明了这一点。为了能让情势获得——如果说不是没有这种可能的话——实质性的改观，郑兴现在必须出门一趟。他一面穿上外套和皮鞋，一面像是朝着空气般地对妻子说："我去一趟设备库的监控室，如果有必要的话，再去找一下王朵。""王朵？"妻子的声音就从身边传来，看来她刚才一起走到门口恭送领头人了，当郑兴凝思的时候，她也许正近距离地看着他呢。"对，毕竟，事情也和她有关。"郑兴说完才想到什么似的扭头转向妻子声音传来的方位说："你不会真的相信领头人的话吧?""没有,"妻子说,"你去吧。""看我问了什么问题,"郑兴笑着说,"这简直是再明白不过的事。""嗯,"妻子说,"那你临走前抱我一下。"郑兴盯着声源处看了几秒,他得很久以后才想起应当正是在这一刻,妻子悄悄地挪动了身子,从而发现他的视线全然不在她身上,尽管他当时并没有伸出手拥抱那片虚无的场所,而只是说了声"等我回来再抱吧",就出门去解决眼下的燃眉之急了。

· 12 ·

由于没有进入许可,郑兴只能在保安室等候。他从保安口中得知,老高在不久前已经离开这里,想必是得到了什么结论。王朵和设备库负责人还在里面,估计一会儿就出来。正在郑兴犹豫该在这里等候王朵还是去找老高时,王朵他们已经提着公文包互相大声地说着什么地朝门口走来。她一见到郑兴,就远远地大叫起来:"都是你,都是你!"郑兴快步迎了上去说:"这怎么能怪我呢?是你想的这个主意。哪怕我一开始就采用这个方案,到头来还是一样。"王朵说:"小伙子!你还是没有明白。哪有什么新的理论,只是用这个由头,他们就可以继续骚扰我们、捉弄我们罢了。正是因为你的犹豫不决,你不合时宜的固执己见,才使那天彻夜的通宵给了他们把柄,可以将一切都说得通。等着吧,第二天,马上就会有人过来,说由于更新了理论,并且你的工作失误,因此还需要重新审核一遍我们公司的数据,继续新一轮的玩笑。我自己非但受到不公正的诽谤,同时也要接受他们的审问,和过去一样,审问是审不出结果的,他们的目的就是这样,让我永远在这种麻烦中不得安生。审问本身就是审问的意义。"郑兴说:"你难道没有据理力争吗?毕竟这也牵扯到你的名誉呀!"王朵说:"据理力争?哪有什么理可言。那天凌晨你在监控室里改了两个小时的数据,正是这段未被拍摄到的时间被你们来的那个工作人员逮了个正着,他极尽想象,慷慨陈词,而我却没有任何证据反驳。所幸的是,他们倒也不在乎这种私德,毕竟他们不是道德警察。只是通过这种方式打压我们,从而不断地建立自己的权威罢了。""就为了这个?""就为了这个?小伙子,那可是最重要的事。对于你的遭遇我深感同情,但是很抱歉,我也无能为力,并且也深受其害,现在我只想早早回家睡上一觉。本来这就该是属于睡眠、美食和安乐的完美休息日,可是一大早那通电话让我一直到现在都烦躁不已,从一进设备库起就接受这样那样的审问,要不是我早早承认,恐怕现在还不能这么快解决呢。""你承认了?我们之间的关系?""你不要那么紧张,小伙子,这是解决问题的唯一办法。你现在还年轻,也许不懂。但这某种程度上又是件好事,我早就告诫过你,尽早离开这个折磨人的集动能行业,才是最正确的选择。""你怎么能这样呀!"郑兴说。"相信我,人们很快就会忘记这一切的,因为,这不过是他们想出的种种雕虫小技中最微不足道的一部分罢了,而且,如果你也受过他们的盘问就会明白,这会使人多么劳累、厌烦,与其困在其中筋疲力尽,不如早早地承认了事——我一向不也是这样做的吗?你该学学,在别处也会有用的。我现在已经很累了,明天,后天,甚至未来的一周都可能继续在这种折磨中度过,眼下很需要回家先睡个安稳觉,你也早点休息吧。祝福你,小伙子。"还未等郑兴回答,王朵和设备库负责人就坐进了门口的出租车,甚至连一句道别都没有。这让郑兴一时再度起疑是被她算计了,可是再推想下去,又山穷水尽了。怎么想,王朵也没有这么做的道理。

郑兴在门口停了很久,他本打算再去找老高,但王朵的话彻底打消了他的念头。她都已承认了,自己还能做什么改变这局面吗?他苦苦地思索,就像是在没有语言的世界中寻找诗歌,最后只得回到家中,确认了一遍没有收到任何新的消息,他于是意识到:今天不会有任何新消息了。几乎是板上钉钉地,他会在明天进入公司的一刹那听到前台女士的那一声"郑兴,你的快递"。而他将连再见一面领头人仔细解释的机会都不复存在,更何况他还能作何解释呢?他在屋里来回踱步,捶胸顿足,他不能这样无动于衷,他想,总得做些什么,哪怕到头来都是徒劳,也要在到头之后再说。这么想着,他马上坐到了书桌前,找出了一封信纸,准备将整件事从头到尾写下来。他如实地描述他为公司做的付出、对公司的忠诚、以及为领头人的失误埋单的心理过程,他打算在自己收到快递的同时将这封信交给前台,让她越过领头人直接转交给上级。这件事能否办到已不再重要,重要的是,它是一条眼下自己还能走的唯一的路。然而,就连这也似乎在与他做对,他很快就没法下笔了,因为他一边写,一边愈发地觉察到字里行间对于公司的不利之处,都不用公司反馈,他自己一下笔就会想到其中的疏漏,想到无数轻而易举的反驳之词。他放下笔,意识到接下去的大把精力不得不放在润色和修改上。此刻他感到饥饿,但喊了好几声都听不见妻子的回音。他想,妻子也许睡了,也许又在和他做什么恶作剧呢。煮了一碗面后,他继续写,一直持续到晚上十点,他满意地看着信,确信这下至少从自己的角度看来已经完全说得过去了。他一遍又一遍地确认其中的逻辑,检查其中的错字,接着小心翼翼地将信纸塞进信封。他去门口查看了一下信箱,确认没有来件后疲惫才姗姗来迟,席卷了他的全身。他打算就此洗澡入睡了,换睡衣的时候发现衣柜里忽然空了一大片,仔细翻了好几遍才发现妻子的衣服已经全部消失。他这才意识到妻子应该是出走了。"就连你也不相信我!"他忿忿地叫了一声。接着开始埋怨如今的这一切都始发于自己看不见妻子，如果不是这样，也许面对领头人的质问也还有一线生机。这时，一道意外的闪光极为明亮地从他脑际划过，它如此迅捷、如此耀眼地照亮了一切，使他猛地顿悟：是他自己错了。他惊愕地站在原地，好像看见了魔术背后的秘密。他看不见妻子难道不正是因为确实不够爱她吗？那么，领头人能做出这样的推断难道不是再顺当不过的吗？归根结底，他难道不是确实做出了修改数据这样的事吗？而对于王朵，他想起了他从昏厥后醒来的那一刻紧握住的她的手，又何尝不是一种对妻子的背叛呢？之所以他走投无路，难道不是因为打从一开始他就错误地理解了自己而使自己的实际形象和心理设想产生了无法弥合的偏差吗？他大为振奋，甚至一下子跳了起来，然后赶紧走到书桌边，抽出刚刚写完的信，一边看一边摇头，一边摇头一边笑着说：错了，都错了。他将信撕成了碎片，从抽屉中重新取出一张新的，并拿起笔，郑重其事地重写起来。他的手悬在半空，疲倦在刹那间也了无影踪。他深深地呼吸着，让新的理念彻底漫过来，浸透自己的四肢，他如此沉静地思考、回忆，直到愧疚之情如远方的萤火虫向他慢慢聚拢，才得以落笔。这一回，他写得很顺畅，而且显然动情多了。

拉链

· 01 ·

事后回想起来，张有生意识到当他第一次见杨溪流的时候，整个咖啡馆就弥漫着一股不祥的气氛。大理石桌面红得发艳，像是什么器官被压制成了这个形状，加以长时间的凝固和风化而成。所幸手感依然光滑冰凉，才使得他相信这也许是当今流行的最新时尚，就如同头顶上那不时变化的天花板图案。每当张有生抬头思考时，他都注意到那紫色混凝土筑成的弧形天花板，不知是污痕还是花纹的轮廓总是与方才截然不同，似乎混凝土上吸附着深褐色的千变万化的云。张有生感到西装粗硬的领口在不断地勒紧脖子，像念了紧箍咒，母亲告诉他，把所有的纽子都系上，这样显得神气，姑娘都喜欢。但他实在忍受不了，便松了第一颗纽扣，决定等到她来时再系上。他在之前的生命里一共只穿过九次西装，因为他做过九次伴郎。后来他听说当伴郎超过三次就会结不了婚时，就果断地拒绝了面前邀他做第十次伴郎的请求微信，并决定不将自己诅咒般的伴郎生涯告诉即将出院的母亲，因为医生的诊断书里将张有生年过二十八却依然独身一人这件事定为母亲怪病的直接起因。母亲一病七年，每天早晨醒来，掌心都会长出一只橄榄绿的青蛙。出院以后，青蛙被摘除后的万千疤痕遍布手臂，导致她不得不穿长袖、戴手套出门，就连睡觉的时候，她也因不忍心目睹这触目惊心的胳膊而保留这个习惯。"病远没有痊愈，"医生说，"只要病根未除，随时可能复发。"张有生悲痛欲绝。他在咖啡厅里念及这些过去，依然感到心有戚戚。这时人群里炸出一道痛哭声，紧接着一个洪亮的男声也跟着一起哭，张有生转身四望，却发现人们都只是安详地坐着，低声笑谈，啜饮咖啡。在清脆而明亮的杯具碰撞声中，有人说了一句"你不属于这个地方"，但张有生无论如何分辨不出是周围的哪个人对谁说了这句话。就在此时，他看见楼梯口走上来两个女人的身影。其中一个矮壮的老女人向自己这边指了指，对另一个人笑语盈盈地嘱咐了一番，便踏着轻快的步伐下楼去了。剩下那个苗条的姑娘朝自己羞涩地笑了笑，如傀儡一般僵硬地飘移而来。张有生立刻系上了领口的纽扣。

"抱歉让你久等了。"杨溪流笑的时候嘴角像一只暗粉色的锚，无论是何种含义的笑，都保持着一模一样的弧度，倒也没有很难看，但总是感觉不自然。张有生想起介绍人的话：姑娘三十三岁，上海人，性格温顺，父母健在，和自己住在全家唯一的房子里，房子在杨浦，穿过翔殷路隧道就是你家，怎么看都挺合适的。

"职业呢？"他问介绍人，"她是做什么的？"

"白领呀，"那个体格厚实的老女人满不在乎的说，"跟你差不多，反正不错的。"

"噢，没事，"张有生一边把菜单交给杨溪流一边死板地自我介绍道，"我叫张有生，有趣的有，生活的生，你先看看要喝什么吧。"即便他说话的时候一直在盯着她的脸看，却仍没有发现她脸上闪过一丝不悦。他只是觉得这是一张再普通不过的三十三岁女人的脸，皮肤不再娇嫩，长长的刘海暗示着逐年上移的发际线，不戴眼镜。和这张脸相处虽然不令人狂热，但也不会成为煎熬，更何况对于同年的女性来说，她的身材算是一大优势。总体来说，比他谈过的那唯一的女朋友要好，他很满意。

点完了单，出于礼貌杨溪流也说了自己的姓名，她尽量避免让谈话陷入一问一答的尴尬，在后面又跟了几句。她说她五行缺水，于是父母起了这个名字。七岁之前只饮水不进食，直到有一回她被玻璃割伤了脚踝，从伤口流出来澄亮晶莹的水，父母才惊讶地意识到自己的错误，开始允许她吃米饭和鱼。她原以为对方至少会对此评论几句,但张有生只是茫然地说:"噢,我不懂这个。"

"好吧。"她说。

张有生紧张地叹了口气,抬头看了看天花板,仿佛天花板上会出现相关的暗示。然而那个软绵绵的城堡图案并没有给他带来任何启发。反倒是杨溪流积极地活跃气氛,提了几句关于最近上映的电影的事,但张有生都没看过,问他最喜欢什么电影,他说没有什么最喜欢的。"都还行。"他想了很久以后补充道。杨溪流努力使她的失落之情不表现在脸上,但仍不能自已地陷入了某种愁苦的沉思,空洞的眼神化了开来,在空气中编织着孤独而萧条的泡沫。尽管张有生不是故意的,但他仍为这个尴尬的现状感到自责和焦虑,天花板上断翅的秃鹰图案依然不起作用。他将视线收回到杨溪流身上,他意外发现现在这个失去笑容的杨溪流虽然看上去阴郁了几分,但显然自然了很多,至少已经和周围的景物融为了一体。

这天下午两人最密切的交流是在谈论各自职业的时候。张有生花了半个小时向她解释汽车发动机缸内直喷和多点直喷的区别,以及他是如何在他的岗位上检测喷油嘴的运行是否符合生产要求的。杨溪流垂着头几乎要进入梦乡,他意识到是时候让她说几句了。

杨溪流细长的五指穿过刘海挠了挠自己的额头,像在偷偷抠面具。直觉告诉她可以说真话，她便依了做。杨溪流的工作是预言，从公园里哪一颗种子会率先发芽，到几几年某国将会遭遇经济上的巨大灾难，无一不在她的预言范围内。一个写小说出身的媒体人看中了她的才能，开了家文化公司，召集了几个包括她在内的神神叨叨之人，每天写预言类的文章放在微博（后来还有公众号）里推送。这些预言大多数不准，但也有准的时候，而只要准一个就会引发热议——这是那个老板的初衷。然而即便杨溪流曾经准确预言了2011年东日本大地震的死亡人数，她和她的公司却依然没有得到多少想象中的关注。老板不依不饶，继续贯彻着他的梦想。同样指望着杨溪流这一时好时坏的才能的还有她的父亲，那是一个海怪专家，他深信这个世界上有海怪，并废寝忘食地钻研海怪可能探出脑袋的时间和地点，决心等到万事俱备时动身启程。他天天向女儿灌输海怪知识，期盼她哪一天灵光乍现，眼放金光并振振有词地告诉他：海怪将至。但她没有把父亲的事告诉张有生，只是把自己的工作内容大致讲了一遍。

张有生沉吟了一会，问道："所以你是写东西的吗？"

"可以这么说。"杨溪流说。

"噢，"他说，"女孩子写写东西挺好。"这是他唯一想说的，也是他的真心话，这同时也宣告了他在内心中已经将杨溪流列为了一级结婚目标。之后的几个小时里，他竭尽所能地用他有限的沟通技巧来向她传达积极的讯号,虽然效果不算理想,但至少杨溪流感觉到了他的努力。当他们分别的时候,一个令他兴奋的问题突然袭击了张有生按部就班的思想,他努力克制住自己的不安和激动,低声地问:"你能预言我跟你的未来么?"

"不能,"杨溪流近乎冷酷地说,"预言的感知就像雨一样,它不来的时候,我能做的只有等待。"

· 02 ·

杨溪流说了谎,她事实上看到了一些画面。她在地铁上闭眼思考了一路,等到打开家门时,意识到一切的抵抗都是徒劳。一个猴样的人像看见游客投食般地跃到她面前,那是她无梦的母亲——一个从出生到现在六十年里一次梦都没做过的女人,海怪专家说她将自己的想象力毫无保留地献给了他和女儿,是一个伟大的母亲和妻子。她为这句话忠守了三十多年的妇道,无论对他多不满意,也从来没有动过离开的念头。杨溪流鞋还没脱完,母亲就帮她关上了门,伸长了脖颈问道:"怎么样?"

"还可以。"她说。

"还可以怎么不一起吃晚饭啊?"母亲忧心忡忡地说,"人家条件蛮好的,本地人,刚拆迁,家里五套房子,我看照片也很端正，你这个岁数，碰到他真的好运了。我去问问介绍人看看男方那里什么感觉。"

杨溪流去厨房盛了碗饭，端出几盆冷菜放到客厅里的餐桌上，刚要拿起筷子，母亲就坐到她身边继续语重心长地说："介绍人说还没和男方那里聊过，也是，毕竟你们才刚见面。不要急，一会儿吃好饭我再打个电话问问她。"她颀长的身子怪异地向前扭曲着，不停重复着把菜碗推到杨溪流的面前。这时，书房的门"嘎吱"一声打开了，杨父嘴中念念有词地走向厕所，出来的时候才恍然一惊似的说："女儿回来了啊。"然后继续走回书房，将要关门时，忽地才问道："对方怎么样？"

"还可以。"杨溪流面无表情地说。

杨父"哦"了一声，就重新把自己关进了那个铺满了世界地图、罗盘、声波探测仪、卷尺和木质海怪模型的房间里，好像门再开一会儿，那些东西就会飞出去似的。

· 03 ·

六个月后，杨溪流曾经看到的那个画面变成了现实。在一间四周贴满镜子的礼堂里，杨溪流和张有生在司仪的指令下，亦步亦趋地倾倒香槟、交换戒指、互相亲吻。在杨父发表感言的时候，杨溪流站在舞台的一角看着因为镜子而显得规模庞大的人群，他们吃着食物、吐着舌头、拉扯着看不见的蜘蛛网，一时分不清哪些是镜中人、哪些人又是真实的，甚至怀疑自己反而是处在镜子之中。她于是寻找着镜子之外的自己，和那个影像对视的时候，她看到一抹陌生的微笑。可是自己并没有在笑，她想，过了几秒她又不确定了起来——好吧，也许我确实就是在笑。这时张有生拉住她的手，她以为他在以指间的温度提醒她爱的真实性，可是她误解了，他捏了捏她柔软的手掌，催促她走到舞台中央。杨父致辞完毕有一段时间了，现在轮到子女和父母们相互拥抱的环节，而来宾们已经等了出神的杨溪流一两秒钟，他们的目光，并同镜子中的目光，并同镜子中的镜中目光，层层叠叠，令人头晕目眩地向杨溪流袭来。她艰难地迈动脚步，那一瞬间，她意识到自己正身处回忆之中。真正的自己，正在那十几桌铺着橘黄色桌布的餐桌间觥筹交错，喝得满面赤红，和各路人马赔笑客套。伴娘在身后战战兢兢地举着红酒瓶，母亲则手挽水泥色的挎包欢快地将礼金塞入其中。不相熟的宾客们说，杨溪流这好身材真是遗传了母亲，熟一点的说，太好了终于嫁出去了。张有生到处对人说着谢谢。这是他第十一次穿西装，仿佛穿出了经验，看上去不再局促。收完礼金，杨母消失了一阵，然后和戴着黑手套、穿着卡其色风衣的张母一同从繁花似锦的镜中世界的一角雀跃地回来。酒酣耳热间，杨母对女儿耳语：尽快生孩子，这样就能在房本上加名字。然后又开始咋咋呼呼地和客人们攀谈起来，仿佛那句耳语是一个进错家门的醉汉。杨溪流见缝插针地垂下眉头，看着镜中跟着集体垂眉的自己，脚底的地砖又变成了舞台的红毯。父亲在致辞，他说爱人就要像大海包容海怪一样包容对方。杨母在跟张母交头接耳，看口型大约是——生孩子。礼堂的虚实空间里，百万只手掌齐齐鼓动。伴娘为杨溪流倒上最后一杯酒。红酒没了，她说。

这种混乱的错觉直到她和张有生一起躺到酒店房间那张大的出奇的床上才渐渐平息。然而她并不知道在她洗澡的时候，他做了多少准备工作。张有生首先从口袋里掏出两颗母亲特地为他准备的生羊蛋，简单冲洗一下后便就着蜂蜜水囫囵吞了下去，接着将鹿鞭和巴戟天磨成的粉膏擦拭在小腹和睾丸上，直到擦得滚烫，将药物统统沁入身体。他感到体内的血管在膨胀，痛感向全身蔓延，就像着了火的高速列车，最终一声巨响，墨蓝色的鼻血悄然滴落。他拿纸巾堵住鼻孔，用手按住鼻梁，听见浴室的龙头声音消失后，将纸巾取出来，拂了拂鼻孔边缘，确认鼻血已凝固，便放心地将纸巾丢进了纸篓，爬到床上，装作一直在玩手机的样子。

关上灯以后，杨溪流的心跳恢复了平稳的节奏。尽管今天这聒噪的场景自己曾经预见过，但亲身经历起来，仍是不免心有余悸。她一边调整呼吸，一边为这片刻的宁静而感到宽心。忽然间，她感到面前压来一个宽厚的黑影，在沉重的喘息声中，自己的嘴唇立刻被两片粗软的嘴唇封堵上，身体也被吊车般的双臂紧紧环抱其中。这是张有生第一次和她行房，难免显得急躁了些。火山岩般粗砺的手掌从她的内衣前襟穿过，龙卷风一般侵略着她的乳房、肋骨、和不断起伏的上腹。杨溪流既没有阻止他，也没有回应他，只是不断地发出呻吟，这使他愈发疯狂，随着腹中的烈火劈啪作响，他将手进一步向下试探，想象着那一丛魔鬼居住的诱人的密林，然而杨溪流异常平滑的小腹令他一下子无所适从，继续摸索时，一阵冰凉、坚硬的手感使他惊惶地停住了手。

"这是什么？"他的声音在颤抖。与其说是在询问，不如说是在期待对方否定自己预感到的答案。

杨溪流沉默了一会，说："和你想的一样。"

张有生赶忙伸出了手，开了床头灯，掀开被子，缓缓地褪去杨溪流的内裤，直到那样东西在平整的枇杷色小腹中间明白无误地展现在自己的面前。他小心翼翼地提起拉链头，轻轻地朝下拉去，然而拉链纹丝不动，他仔细地逐步用力，直到左手摁住她的腹部，右手使出全力，拉链也丝毫没有滑动的迹象。它像一道伤疤那样牢固地贴在杨溪流的身体中央，封锁住了一切。

张有生转过头去，无助地望向杨溪流，只见她忧愁地看着自己的肚脐。

"一直是这样吗？"他问。

杨溪流点点头。

"有没有打开它的办法？"

"上厕所的时候会自动打开，另外，"杨溪流说，"以前谈过一个男朋友，他打开过。"

"是有什么诀窍吗？"张有生问。

杨溪流躺在床上想了一会，她本想说只要自己爱对方就可以，但她终究没有那么说，而是字斟句酌地应道："也许交往的时间还不够长吧。"

这天晚上张有生挺着硬撅撅的下体在床上久久无法入睡，他开始回忆关于杨溪流的时光，在内心中承认或许交往的时间确实还不够长，其间也没有令人激动到擦出战栗的火花，然而即便如此，他依然没有开朗一些，因为制造火花对他来说是一件太难的事，制造火花塞他倒是擅长。杨溪流钻进他的怀里，轻声地说，对不起。她揉了揉张有生高耸的尖塔，问他需不需要自己用别的办法帮他解决。张有生摇摇头，说："没关系的，我理解你。"令张有生感到彷徨无解的，远不是当下的尖塔问题。

· 04 ·

母亲的怪病复发了。那是在婚礼前两天的一个早晨，张有生吃完早餐后，在垃圾桶里发现了一只断了后腿的死青蛙，于是他走进母亲的房间，看到母亲刚刚止完血，正坐在椅子上往自己的左手掌包扎绷带。张有生不解。"我已经领了结婚证了。"他说。母亲叹了口气，说："医生说还得养孙子才行。"张有生觉得这医生是个骗子，于是当天请了假又带母亲去了两家医院，一番检查后，统统给出了相同的结论，这让他深感现代医学的高深莫测。母亲告诉他，父亲死了，他是独子，张家不能绝后。张有生沉重地点点头。三天后，一江之隔的杨溪流家里，杨母正在打印一张特制的食谱，并贴在客厅粉白色的墙上。她向杨溪流承认了自己在婚礼上的错误：不光是生孩子，而得是生儿子，光生女儿亲家也不会善罢甘休。她像当初逼女儿喝水一样，严格控制着女儿的饮食，同时还做了一份男方专用的食谱，要她带给张有生。"按这个食谱来，y染色体会更活跃。"她陷入某类知识的着迷程度和她的丈夫几乎如出一辙。杨溪流看着她那暗沉松垮的脖颈微微抖动，皮肤像围巾一样拢着垂下来，意识到了母亲的老去。她也点了点头，一如三天前的张有生那样。

婚礼之后，张有生和杨溪流的身边发生了奇妙的变化，路上所遇之人，无一例外都带着孩子。交警背着婴儿指挥交通，商人们带着孩子走进夜总会，持刀的歹徒一边挟持着人质，一边叮嘱女儿在身后躲好，就连看电视新闻时，特朗普都推着婴儿车推开美国白宫的大门。孩子们面貌各异，五彩斑斓。有一回一位推销婴幼儿意外险的男人领着他那面色黢黑的儿子来到张有生和杨溪流的新家门前。那孩子眼神中饱含着痛苦，脸色虽然黑得发紫，却仍有一丝透明浮现其中。推销员说，自己就是个反面例子，当年孩子在火灾中险些丧身的时候，自己因为没有买保险而一无所得，只能独自承受这命运的不公。说着他摸了摸那孩子的脑袋，"我不希望同样的悲剧发生在别人身上，所以诚挚地建议您购买这份保险。"张有生再度看了看那个仍被灾难阴影笼罩着的男孩，无奈地说："可是我们并没有小孩。"

"总会有的，不是今天就是明天，"推销员说，"如果不出意外的话——恕我多嘴，您和夫人并没有那方面的障碍吧？"

"没有。"张有生说。

"想来也是，"他说，"毕竟，不能生育的女人是可耻的，若真娶了，也得尽快找个新的才对。"

话音刚落，张有生的拳头就朝他的鼻梁上重重地砸去。两人就此扭打起来，黑脸男孩也参与其中，往张有生的右腿狠狠咬了一口，张有生滚下楼梯，随着一声脆响，他意识到自己的腿骨折了。听见打闹声的杨溪流从屋里出来，见状立刻拉住推销员并报了警。

· 05 ·

张有生躺在病房最里面那张靠窗的床上,绑着石膏的右腿直直地翘着。病房里还有一个小臂骨折的中年人,已经躺在床上打起了呼噜,他的儿子低头伏在他身边,看样子也已沉浸在梦乡里。杨溪流坐在旁边的椅子上,握着张有生的手,说自己感觉到了。

"感觉到什么?"张有生问。

"它打开了。"

张有生瞪大了眼睛,身体一直,脚一颤,差点没痛得叫出声来。他看了看远处床上熟睡的父子俩,咽了口水,问杨溪流,要不要抓住这个机会。杨溪流想了想,站起身来,拉上床位边的隔离帘,在床头脱下了长裤。张有生仰视着面前金灿灿的拉链,将信将疑地伸出手,稍一用力,拉头就发生了滑动,再顺势一拉,他发现了宇宙。宇宙里飘荡着情书、玫瑰、粉色的海豚玩偶;一个刚学会走路的小女孩在偷吃碗橱里的红烧肉,穿白衬衫的男生在长椅上为他的女同学送上了一个泛着桂花香气的吻,几枚邮戳绕着银河飞速旋转,小女孩坐在地上翻着童话画册,身材高瘦的中年妇女在老师办公室里指着女儿的额头破口大骂,电话声刺破无数个黑夜,有人在承诺,有人在祈祷,有人在静静地听对方哭泣,张有生在这个温柔的宇宙中看到了这世上最美好的爱情。小女孩说，她想要遇见一个可以永远保护自己的白马王子。

张有生哭了，他不是白马王子。他看到了自己不该看的光芒，从而发现了无处不在的低劣的黑暗。这天他们再次无疾而终。因为在张有生的荒原里，没有人愿意造一座悲伤的尖塔。

· 06 ·

过了两个月，张有生出院后的第一件事就是和杨溪流回家上床。他在两个月里做了充足的心理建设，直到坚信自己这样做是对的，才得以问心无愧地脱下她的衣裳。然而，那天医院里的奇迹再也没有发生过，拉链好比坚不可摧的长城抵御着外敌。对此最垂头丧气的人正是杨溪流自己，她一遍又一遍地对张有生说对不起，张有生只是沉默。他摇摇头，憋了好久才说：这不是你的错。他们决定等，等杨溪流看见自己张开，就像看见海怪冒头。他们收起了父母们精心准备的食谱和秘方，尽一切可能地忘记人类还有下半身这回事。两个月后的一天晚上，张有生做了一个梦。梦里他跌进了海底，一艘沉船在为他做人工呼吸，连成线的泡泡咕噜噜地漂往泛着天光的海面。沉船说，别再来了，去天空吧。张有生说，我也不是自己想来的。说着他就向上游去，但无论怎么游，都丝毫没有靠近海面。他切实地感到了四肢对水的推动，也时刻能看见那浮动不已的七彩日光，但就是无济于事。沉船在身后没来由地说，张家要绝后了。张有生倏然惊醒，额头上冷汗涔涔。接下去他就再也没有睡着过，这个梦彻底摧毁了他的睡意。张有生一把掀开被子，从客厅的冰箱里取出酒，决定让自己醉过去。到了早上，妻子发现自己独身躺在床上，她疑惑了一阵，接着立刻就看到了那个画面。她浑身发抖，尽一切可能推迟自己的出门。直到她的下腹涨成了一团刺，她才胆战心惊地打开了卧室门，当她看见张有生正趴在桌上呼呼大睡时，她飞快地躲进厕所，并锁上了门。然而劫后余生只持续了几秒钟，张有生就一脚踹开了厕所的门。张有生通红的眼睛随着门板的倒下闯到了杨溪流面前。杨溪流还来不及思考自己到底是哪一刻吵醒了他，就被丈夫从马桶上抓了起来。张有生一只手死死按住拉链头，停止它的自行闭合，一只手把妻子的双腕抓在头顶，然后粗暴地摧毁了她那纯洁的宇宙。起初杨溪流还试图抵抗，后来她意识到张有生力大无穷，意识到他英雄般的不讲道理，手就停止了挣扎，她几近愤怒地挺直小腹，为张有生提供力所能及的便利。她闭上眼睛，脑袋抵在墙上，奋力地哭泣，奋力地呼喊。十几分钟前她在床上看见的画面一丝不苟地成为了现实，她在钝重的振动中享受着预感带来的精准、严密和绝对统治。结束之后张有生恢复了冷静，他的眼睛恢复了黑白分明，正当他想要对杨溪流道歉时，却发现杨溪流垂下的脑袋在长发的掩盖下发出怪叫声。那声音既像是痛哭，也像是欢叫。张有生看见杨溪流的拉链在抽搐中一格一格地收回，因充满感情而变得格外崎岖，像两排咔咔嗒嗒的牙齿。

· 07 ·

十月里的一个下午，张有生坐在走廊里，看着医生们推着装有扳手、铁钳和其他闪闪发光的金属器具的小车进入了手术室。母亲坐在自己的身边捏紧双手，渗出的汗水将手套润湿。杨母坐在对面，包里塞着处理房产证时需要的女儿的个人证件，杨父坐在她身旁聚精会神地看着那本已被翻烂了的《希腊海怪通史》。随着一阵啼哭，手术室的灯牌嗡地熄灭，张有生第一个站起来，快步跑了过去。两位母亲也随后赶到。

"是儿子！"杨母激动地叫道。

张母将它捧在手里，从上到下细细地打量着。"怎么只有四个脚趾？"她疑惑道。

杨母凑近一瞧，重新数了一遍，婴儿的双脚确实各少了两只最边上的小趾。杨父这时合上书本，放在座位上，胸有成竹地走过来，他手扶着眼睛，盯着小孩看了一会，说：

"不影响生活,不是么?"

"对对对,不影响生活,"杨母说,"穿上袜子谁都看不出。"

张有生扭头看了看手术台上的妻子,缀着点点殷红的尼龙布盖住了她的下半身,他不敢想象医生是用什么手段解决了那条拉链,更不敢自己动手掀开,只能走到她身边,蹲下来轻声地说:"你受苦了。"他吻了吻她潮湿的额头,"但我们以后会很幸福的。"

杨溪流的眼前再也没有画面了,她有气无力地看着张有生,笑得十分难看。

"嗯,"她微微地动了一下嘴唇,说,"我们一定会幸福的。"

辛巴

· 01 ·

  彭阿姨活到六十岁，反倒像个孩子，每年都期盼暑假的到来。孙子波波明年就要上小学了，用儿媳的话来说，已经到了"最关键的抉择期"。为了进入一所优秀的小学，现在是最后查缺补漏的机会，等真出了幼儿园，就是一个接一个的小学面试，那自然也关键，但它是"收成期"，谋事在人，成事却不得不看天。听说小夫妻俩花了三个晚上彻夜分析孩子的各方面成绩，综合了各小学的入学要求，最终得出结论：在这一年，波波除了继续补习英语外，还得报个唐诗班。彭阿姨面上虽没说什么，心里却不很乐意：这不是拿孩子当畜生使吗？暗自为孙子心疼叫苦。幸而小夫妻俩工作繁忙，平日里还能挤出个双休日陪孩子奔波上课，到了暑假只能暂寄在奶奶家，由奶奶陪着领去上课。"一三五唐诗，二四六英语，周日休息，但只能看电视，不许玩手机、电脑或平板。"儿媳说这番话时尽量使自己的语气温婉一些，但听上去仍像是直接命令了婆婆，仿佛该补课的是婆婆而非波波。彭阿姨只是点头应着，她一心想着先把孙子接过来再说。

波波看上去像是个木头了。彭阿姨不无痛心地观察到了这一点。自己的孙子已经失去了这个年龄该有的活泼和调皮，只是拿一双灯笼大的眼睛东张西望，却丝毫没有看进任何事物，仿佛视线只是象征性地掠过一切，敷衍了事。他的话也少了，成日里用来交流的话还没有背诵的唐诗多。"你爷爷当年可是个猛打渔的，怎么跳了一辈成了这样！"彭阿姨心道。前两年还不是这样的，他那时喜欢拨着陶瓷汤勺在桌上转，自然落碎了不少，彭阿姨便都换成了耐摔的仿瓷餐具，谁想这时他倒不拨着玩了。过去虽然也常为他这毛病头疼，教育过几回，如今看他这般，彭阿姨反倒怀念起那些破碎的声响来。

波波的爷爷，也就是彭阿姨口里的"猛打渔的"，平常不见人影，不是出门散步，就是到处串门搓麻将，可每当孙子一回来，他就笑嘻嘻地被钉在家里了。孟大鱼——当然，这是当时的渔民们给他起的绰号，他老是能捕到最大的鱼——见孙子这模样，抱怨胜过痛心。他挠了会儿腮，嘬着唇思考了一阵，决定做些什么让波波恢复过来。首先，就像前两年那样，他们取了自己种的青菜、鸡毛菜、柑橘等蔬果（虽然他们拆迁后住进了公寓楼，但由于是一楼，故靠南处附一小后院，彭阿姨便种了不少菜，既是消磨时间、勤劳生乐，也多少解决了自己的伙食），一一向英语和唐诗补习班的老师送去，就说是心疼孙子上课辛劳，每周会缺席些课，还请不要告知孩子父母。老师只见过送礼以求特别关照孩子学习的，却从没遇到特地送礼竟是为包庇逃课，惊讶过后仔细一想，这交易自然省力、便宜，就也都应下了。接着，彭阿姨和孟大鱼就到处带着波波游玩，昨天去了游乐园，今天就去动物园；天热就去海洋馆，傍晚凉快了就去附近的广场上和众多孩子们一道轮滑嬉戏。一周过后，儿媳打来电话，彭阿姨就拿着拼音唐诗簿放在孩子眼前，让波波一边举着电话，一边照着吱吱呀呀念。电话一挂下，爷奶俩乐得几乎要手舞足蹈了，波波却也只是似懂非懂地笑笑。彭阿姨留意到了这个表情，心内不觉凉了几分。

· 02 ·

去年秋天的某个下午，项文星、卢荟和辛巴一起搬进了这间公寓。项文星本是不愿来的，因为自己仍在念研究生，没有稳定的收入来源。放着好好的宿舍不住,偏要每个月花好几千块钱住出去,他觉得是浪掷。后来在卢荟的提醒下,他算清了一笔账。两人最少每周约会一次,除去吃饭、看电影、玩乐的钱不说,光晚上去酒店就要用去不少,这样下来,一个月的开销已然和房租相差无几。项文星想了想,觉得不无道理。况且他从未同居过,对于一个二十多岁的男青年,这种事往往在他们的想入非非中迸发出惊人的诱惑力。卢荟又说,房租他们可以一起付,这样不但选择空间会大一点,也多少减轻了项文星的压力。项文星觉得自己理应严词拒绝,但竟点头同意了。辛巴在这件事上没有表态,因为它是一只从项文星的学校附近捡来的小野猫。两人当时仍在恋爱前的试探阶段,在树荫下散步时发现了它。为了展示自己的善良,项文星将猫收养在了宿舍,两人相约为它打针驱虫、洗澡看病,如此一来二去,便正式确立了关系。

公寓在二楼,是两人看房两个月后最终定下来的。地段好、面积够用、三个月前刚刚装修完,因此与同价位的其它房子相比,显得崭新和年轻了许多。他们一度觉得自己捡到了天大的便宜。然而没过多久,现实教会了他们便宜的代价。那天晚上,这对情侣正依偎在沙发上,伴着隆隆的洗衣机声响看韩国电影《寄生虫》,正当主人公穿过幽暗深邃的地道时,一阵扎实的敲门声使他们毛骨悚然。卢荟问项文星是否有人敲门,男人笑笑说,是电影呢。直到敲门声第二次响起，他才意识到确实有人在门外。项文星摁了暂停，开门一瞧，是一位陌生的阿姨，她甚至都没有自我介绍就责问道："你们在干什么呢？"

项文星回头看看迎步赶上的卢荟，困惑地不知说什么好。"楼下成水帘洞了！"阿姨厉声道，并探头朝里张望，却没有发现想象中满地流水的情形。项文星说："我们只是在洗衣服而已。"阿姨说："洗衣机可是在阳台上？"项文星点了点头。"是了是了。"阿姨说："这水管漏水。"卢荟惊讶地跑去阳台，叫道："这里没有漏呀？！"项文星说："要不我先下去看看什么情况，卢荟，先把洗衣机停了。""不用停，"阿姨边走边说，"我刚在门外把你们的水闸关了。"

下楼进得屋内，只见一六旬上下的老汉正拿毛巾不断擦拭着阳台处的衣柜，衣柜中间两排已被搬空，衣物被整齐地叠放在床脚。项文星快步走去。老汉没好气地指给他看衣柜内壁，已成了深深的焦黄色，水渍遍布全壁，单独看来反倒不像是沾了水。项文星伸手一摸，那木板湿润冰凉，仿佛冷水也浇在了他的心尖上。"楼上倒是一点水没有。"阿姨跟随他走了进来，对老汉汇报似的说。老汉拿毛巾弯着腰往地上的面盆里拧，又直起身子来继续边擦边说："那就是隔层的水管漏了，这水管不能接洗衣机。""可洗衣机都是放阳台的啊？""那得接到外墙上的水管，接里面就不行，洗衣机排水量大，顶不住。"项文星对此没有概念，只得不住地道歉，老汉指了指堆在床上的衣物说："你看我们这衣服全都湿了，这衣柜也是实木的，这一浸还了得。你说说怎么办吧。"项文星心头一绞，却也只能不断重复着道歉，约定第二天叫物业来维修。

上楼以后，项文星检查了一番洗衣机，发现水管确实是接在了屋内。第二天，物业花了一整天的时间在外墙面上开洞接水管，并将洗衣机的水管挪到外墙，搞得一屋子脏水。房东也来帮忙，却将责任推向了装修公司："当时特意提醒过的，他们说没事，就这么接，果然还是出事了。我定要去找找他们。"而找他们的结果，后来也没了下文。那天下午，项文星在清理阳台上不断漫灌的脏水时，脑中就浮现起昨晚电影里主人公家里被大雨淹没时的狼狈模样。他觉得这电影就像是预言。卢荟则在一旁抱着惊恐的辛巴不住地安慰，辛巴伸出细爪勾住她的衣领，像是随时准备一跳了之。

事情全部处理完毕后，过了几天，项文星和卢荟提着一盒礼品去楼下拜访老夫妻俩作为道歉。家里只有彭阿姨一个人在，她见两人如此盛情而来，反倒有些不好意思，引他们进门，拿了好些瓜果给他们。项文星方一坐下就关切地问道情况如何。答曰水是不再漏了，衣柜木板倒是有些发泡。由于说的本地话，项文星听不太明白，彭阿姨又用普通话解释了一遍，项文星便勾了头，一副歉疚样子。"不过这也不怪你们"，彭阿姨的普通话带着正宗的本地口音，"是装修的问题。""真的不好意思。"如此推脱几番,场面不禁尴尬起来。卢荟便问叔叔去哪了,彭阿姨说:"他呀,白天看不到他影子的,以前是出门打渔,现在没得打了,就去打麻将了。""叔叔以前是打渔的?""是啊,都叫他孟大鱼,那时候物质条件差,要不是他老拿最大的鱼给我,我怎么会被他骗走了。"两个年轻人笑笑。彭阿姨就来了兴致,继续说了下去:"现在的鱼肉啊,跟那时候可一点都没法比。有刀鱼、花鲢鱼、籽鱼、白鱼,那刀只消碰一下,鱼肉就弹破了,又白又嫩,现在是吃不到了。"虽然都是些没听说过的鱼,项文星还是凭着想象咽了下口水。"那时候他还给我吃天鹅肉。""天鹅肉真能吃?""可好吃了!有点像鸡肉,可是更嫩,更香。大鱼拿锡纸包着山钠往水边山路上一放,第二天准能在林子里找到被药死的天鹅,至少一只,运气好能有两只。然后就拎回来斩了脖子,拔了毛,洗干净烧,香气飘得满村子都是。人人都羡慕我,因为他总是给我吃第一口天鹅肉。"彭阿姨越说越起劲,项文星也觉得新鲜,如是又聊了个把钟头,彭阿姨对两人的学习工作询问一番,感慨一顿,祝福一把,直到暮色渐厚,两人才起身要走。彭阿姨留他们吃饭,被推脱后,又使劲把礼品退交到他们手里,却也没能成功,只得笑着劝他们今后常来玩,退休以后没事做,有人说说话也好的。两人连连答应,遂上了楼。一到家里便直感叹:那天晚上敲门时还觉得严厉,可没想到阿姨实际上却是这么热情的人。

这以后这对年轻人常常能在小区里见到彭阿姨或者孟大鱼，上下楼时也常闻到他们屋里冒出的油哈喇味、听见收音机里飘出的沪剧伶音，便少不了打几声招呼，聊几句咸淡，因此尽管他们再也没像答应好的那样"常去玩玩"，不过也多少热络了。项文星从外地来此，无亲无故，难免偶尔将对亲情的想象投射到彭阿姨身上，故每次见她都倍感亲切，笑逐颜开。

· 03 ·

就这么过去了几个月，夏风刮来了暑假，湿气蒸发，烈日高悬，烫得人头皮发麻。正好项文星的导师要他为一项目去青岛出差，卢荟一听，提议自己也跟了一起，算是避暑。项文星有点为难，想这毕竟是公事，经卢荟劝说了几番，最终还是答应了，只是卢荟的机票钱报销不了，卢荟摆摆手说没关系，酒店房间至少能合住。卢荟这人，典型的本地小姑娘，徘徊于精明和计较之间，游移在伶俐和小器之间。项文星知道，卢荟面上说是去避暑，实则是去监视。已经快一个月了，项文星在夜里表现屡屡不佳，致使卢荟暗自怀疑他在外面有了情况，可又抓不到把柄，自然认为此去青岛或有蹊跷。项文星心里坦荡，可女友总揣着这个心思在身边，到底不是滋味。更关键的是，他自己也开始怀疑起来。一次两次倒也罢了，这屡败屡战，难道真是身上出了什么毛病？这一趟出差，本是觉得自己能顺便换个环境，调节调节，可女友这一坚持，届时青岛天高水清，酒店整洁惬意，情致如此撩人，自己稍一失手便扫了兴，岂不是压力更大罪过更重？如此这般，项文星和卢荟谋算各自心事，收拾各自行李，卢荟又是和公司请假，又是去商店挑选泳装草帽等物，项文星则瞻前顾后，给自己做心理建设，总之两人忙忙碌碌，直到出发前一天下午才想到，此去两周，辛巴怎么办。

辛巴是一只白身橘花杂种猫，脸尖眼垂，身体纤细，花纹一不规则二不对称，无论如何称不上好看，好在它一身灵动气质，聪明头脑，懂得何时卖乖何时撒泼，才令主人对它越看越喜欢。此刻它瞪大了眼睛望着两个人类，对自己即将到来的命运仍一无所知。项文星的意思是将它送去宠物店，卢荟担心宠物店照顾不周，热事冷办，收费还高，不如交给身边养猫的朋友。细想了一圈，能开得了这个口的靠谱朋友有三个。可问了，一人妻子要生产，正准备将自己的猫也送人；一人刚养了不久，猫还未做驱虫，怕感染了辛巴；剩下一人倒是愿意，只是住在机场附近，打车来回一百五十块，还不算路上要拿着沉重的猫食盆和猫粮（猫换了住处是不能立刻换猫粮的）。卢荟抱怨，要是我们有车就好了。项文星不响。辛巴又去挠沙发罩了，这小东西，为它买了一百样猫抓板统统不喜欢，偏偏喜欢挠沙发，两人只好买了奶黄色沙发罩盖住，就这样辛巴还不时从罩子底下钻进去将沙发抓得叭叭响，不然怎么说它聪明呢，它就是看穿了人类的诡计，两人对它也打也骂，可往往好了一阵又故疾重犯，他们便做好了到时给房东赔偿的准备。两人看着它良久，项文星忽然说，要不给楼下的彭阿姨？卢荟愣了一下，下意识地摇摇头。项文星补充道，正好给老人解闷，主要也近，上下楼交接还方便。卢荟想了会说，要不你先去问问，看人家乐不乐意？脸上的表情却似乎是在期待着被拒绝。

项文星于是背着装在透明猫包里的辛巴敲响了彭阿姨家的门。彭阿姨洗碗洗到一半，边用抹布擦手边开了门，见是项文星，黄蜡蜡的松脸上舒开了笑意。孟大鱼在里屋陪孙子玩遥控赛车，听是项文星来了，也到门边来迎。人一多，猫就慌，在包里乱动，像在给项文星做背部按摩。

老人向波波和项文星介绍了彼此，项文星礼貌地夸了孩子两句。由于猫包显眼，项文星寒暄了这么几句后就直接说明了来意，一边说一边取下背包向他们展示着里边怯生生的辛巴。老人对望一眼，估计是在想家具怎么办，猫毛对小孩是否有影响，会不会给孩子传染什么毛病。项文星这才意识到自己只想到了寄存给他们的方便处，却忘了这家人上回还因自己而坏了衣柜，眼下却还要送这只爱挠沙发窗帘的猫，怕是太不识相，暗自后悔。"以前在乡下倒是养过一条黑狼狗,"孟大鱼果然说,"不过这个猫嘛……"话说一半,见波波正和辛巴圆眼对看。孙子的眸子里终于放出亮光,辛巴也停了不安,只定定地凝视孩子,活如照镜子一般。波波将手放在猫包上,辛巴被勾引似的朝手指处挠去,孩子手挪到哪,猫就转去哪,挠得透明塑料咚咚响,波波也跟着嘻嘻笑。老夫妻自是被这一景象打动,终于点头应下来。项文星大喜,打开了猫包,辛巴闪电般窜向房里,立刻不见了踪影。项文星上楼拿了猫粮、猫砂、猫砂盆、猫食盆、洗耳水下来,一一向他们说明用法,见孩子正到处饶有兴致地和猫玩捉迷藏,便又和阿姨叔叔聊了一番,等到时间差不多了才起身离开,临行前在门口又反复道谢,对面也道谢回来,说是多亏这猫带活了孙子。一通客气,项文星上了楼,发现卢荟一脸依依不舍。项文星劝道,反正总是要离开它一阵,给谁不都一样吗?老人待它一定好。卢荟蹙着眉,也说不上来原因。

翌日上午,项卢二人出发去机场前还顺便问候了下彭阿姨他们。卢荟担心了一整晚,这一开门,总算是心定下来:波波和辛巴在后院的菜地里追逐嬉戏,辛巴咬着菜叶子,波波便追弄它,波波停下来了,辛巴就又望着他,趴着身子继续抱住菜梗张嘴,两者敌进我退,敌退我追,好不热闹。彭阿姨尽管心疼蔬菜,可见孙子又回到了活泼样子,到底还是喜不自胜。卢荟是真没想到辛巴能这么快就融入新环境,她原以为至少会在沙发底下躲上一两天才敢慢慢见人。彭阿姨说，这小东西挺黏波波，不知道为什么，别人靠近它都难，只有波波甚至抱它都不会反抗。卢荟又朝着辛巴自作多情地关照几句，便和项文星放心地出门了。波波呆视他们，已经像是不认得了似的。"水性杨花！"卢荟这么说着，彭阿姨和孟大鱼都齐齐笑了。

· 04 ·

在青岛两人玩得挺愉快，导师给项文星指派的事情也办得顺利，只是那两周十四晚依然过得如同哑炮仗听响、盐碱滩种花，力不从心，有苦难言。当中虽有起伏跌宕，但不过是风吹林响一阵，雨落草湿一会，还未及听便已不响，还未撑伞便已雨霁。不等卢荟主动提出，项文星就先说回去以后尽快去医院瞧瞧，究竟是哪里出了毛病。卢荟基本能够确信，他并非是在外有了什么事才这样，因此既放心又忧虑。她晓得，越是这种时候，越是不能给对方太多压力，便装作不在意的样子，主动转了话头，说不知辛巴在楼下如何了，是否还记得我们。项文星明白她的用心，却仍打趣说她满脑子都是辛巴，他倒反像是宠物了。说完心里咯噔一下，觉得似乎也并非全是戏言。卢荟笑说，这你都要吃醋呀，木法沙。项文星笑笑。

两人拎着行李回到小区，明晃晃的中午，他们一路奔波早已热汗淋淋。路过楼下彭阿姨家时，犹豫是否先去楼上放了行李再来，卢荟显然是更迫切的那一个，用纸巾擦了擦汗说，先去打个招呼嘛，不然一冲进去就是拿猫，岂非强盗一样？项文星知道，她只是等不及想看辛巴一眼。两人便站到彭阿姨家门前，却听到屋内传来嗡嗡的哭声。

这是怎么了？项文星困惑地看着卢荟。

两人听这哭声凄切，人物繁杂，走动低语，密密麻麻，想必不太方便敲门，决定还是先上楼待一会儿。直到快晚饭时，两人又下楼来。哭声仍是不止，不过人少了些。卢荟想离开，项文星却觉得总得问问情况，就当是关心，便敲了门。脚步声过了很久才响近，开门的却是一个陌生女人，眼圈墨红，血丝密布，穿一件利落的白衬衫和藏青色及膝裙，虽刚哭过却仍显得端庄成熟，定睛细看五官，项文星发现倒也不比自己大多少，只是这双尽管饱含悲伤却依旧咄咄逼人的眼睛压得自己不由得怯了几分，他壮胆似的清了下嗓，低声说道，自己是楼上的邻居，平日与彭阿姨交好，今天听到这里哭声不绝，想来看看是怎么回事。

话音刚落，里屋传来彭阿姨的声音：是小项啊……仅这么几个字的时间，当中便夹了好几声咳嗽。项文星随声看去，老人似乎躺在床上要起身，却被一旁的陌生男人扶住，说:"娘,您好好躺着。"项文星正想进一步看清,眼前的陌生女人开口了:"不好意思,家里有点事,你过几天再来吧。"这几句话比彭阿姨的语句要长一些,却依旧听出她强忍情绪的艰难。辛巴此时蹿了出来,似要趁机逃离此处,却被陌生女人伸脚挡住,那条穿着肉色丝袜的小腿左挡右拦,甚至还附加一些轻微的踢踹动作,害得辛巴前进不得。卢荟心疼地大喊一声:辛巴!项文星便面朝女人开口说:对不起,这猫……话未说完,陌生女人就打断了他:"今天实在不方便,过几天再来吧。"说完就把门给关上了,接着脚步越来越远,尽头处传来她几声没好气的话,不知是对着谁说。卢荟不悦,说这女人怎是如此态度。项文星没有接话,只是在想到底发生了什么事,以及辛巴这几天来究竟过得如何。

两人出门跟邻里打听一番才知道,原是彭阿姨家的孙子波波意外去世了。说是她正抱着波波坐公交车,车尾一辆重型卡车轰然撞来,车窗震碎,片渣飞溅,刮伤不少人,却独独将波波一人送进阎王府。说是彭阿姨已经将孩子抱得粽子样紧,那玻璃碎片却似瞄准了一般钻过指缝扎进了孩子的太阳穴。彭阿姨当场直接吓昏过去了,孩子父母一来,也哭天抢地,声色凄冽,直抓着卡车司机的领子吐唾沫揍拳头。说是最惨的是由于要走赔偿程序,家人要去局里笔录,孩子还要进行尸检,想到一群手在他身上动来动去,又是拿刀子划又是那镊子戳，孩子就这么碎碎地躺在冰冰凉的尸检台上，这不是更加要了那家人的命嘛！这一家人是没心思处理别的事了，只好由远一点的亲戚帮忙找律师和殡仪馆。天作孽，真的天作孽。

项文星和卢荟听罢都惊呆了，想不到就在他们离开的这两周里，竟发生了这样的事。心底不禁泛出层层酸楚，回想临走前彭阿姨和波波的样子，更是悲从中来，胸口一阵绞痛。两人同时掉下了眼泪，直到家里仍一言不发。项文星稍微坚强一点，入睡前终于有所缓和，问我们要不要去看看他们。卢荟一脸丧气地说："我们去了又有什么用呢。"项文星叹一口气，便合上眼睛。不知怎么的，眼前竟出现那位陌生女子的模样，她裁剪精致的裙子下，一根细藕般的小腿在辛巴身前不断拨动着。他为自己的反应大感震惊和耻辱，试图思考些别的什么阻止，却适得其反，胯间物只是不得廉耻地迅速肿大，实在忍不了了，便翻过卢荟的身子，用下身硬顶住她，右手猝然摸去，不料被一掌挡开。卢荟在黑暗中撑起身子，万分惊恐地说道："你在想些什么？！"

项文星似被浇了一盆冷水，大喘几口气后，逐渐冷静下来，怏怏地说了句"我也不知道"后便翻过身子继续睡觉。他想要弄明白自己为何会这样，却在答案到来之前陷入了梦境。卢荟迟疑了一会儿后也躺了下来，一晚上都注意不去碰他。

这桩略显离奇的插曲事后谁也没有再提起。一连几天，他们回到了原先的生活模式：卢荟去公司上班，项文星则去附近的一家咖啡馆写论文。那是一家开在写字楼第十六层的咖啡馆，音乐典雅宁静，是六十年代冷爵士的钢琴曲，从项文星常坐的位子边的落地窗可以看见楼旁一座公园里大片的绿荫和湖泊。小径上人们闲庭信步，三三两两，有的在野餐，有的在打拳，还有的成对依偎在湖边的长椅上看湖面上的天鹅和鸳鸯。蓝天之下，人人幸福，这种画面使项文星心神旷然。他原是要在今日去医院检查那毛病的，可经昨天夜里一事，又觉得自己实际上没有病，便取消了这个打算。只是仍为自己为何在那样的时候，为那样的人起了反应而困惑不已。羞耻感再度袭来，他立刻调转念头，为彭阿姨的遭遇心疼牵挂，便怀着这种寥然的心情继续写起了论文。卢荟那边也大抵如此，虽然觉得项文星蓬勃的时机并不合适，但也许这只是男人为了抵抗痛苦的一种方式。况且这毕竟说明生理上他是没问题的，故既不提及，也不似之前那样担忧了。工作之余也为彭阿姨的事感到难受，唯一和项文星不同的是，在难受了几日后，她的理智渐渐战胜了同情，毕竟波波和彭阿姨与她也算不上特别亲，比起为他们作没有意义的感同身受，辛巴现在仍在彭阿姨家回不来，也许才是眼前最重要的问题。

那天晚上，卢荟下班回家后和项文星说了自己的担忧。

项文星觉得有道理，先不说猫的事，就是出于人情，这么久了也得去探望一下彭阿姨。两人第二天吃过午饭便出门买了点礼品准备拜访彭阿姨，屋里却无人响应。忽听得远处传来一阵人声，打开楼底铁门望去，一行人正披麻戴孝从小区食堂的平房里陆续走出来，有的闲聊，有的掩面而泣，形容丧然，彳亍而行。项文星掐指一算，今天正是波波的头七，想必亲人们在此处吃饭。两人提着礼品朝平房走去，还未到大门，便听得里面乱作一团，似有争吵，已经出去的人也返回来朝门里张望。卢荟害怕，拉住项文星的袖子，他却仍旧踏了进去，只见靠墙一处餐桌边两人正要撕扯起来，其中一人便是那日所见的陌生女子，另一男人正对她怒气冲冲地说："你再说一遍！"女人不遑多让，大声道："我说错了么？还不是你妈只顾护着自己，丢下波波不管，要不然她怎么一点伤都没有！"对面那男人起身就要挥拳，却被另一人拉住，他一面劝兄长，一面劝妻子，好话说尽，不起作用，反惹得他妻子转头对他说："你去帮他们好了，你们姓孟的就合伙欺负我好了。"劝架的人越来越多，酒杯汤汁碎的碎洒的洒，脏话狠话喷的喷吐的吐，场面已经十分难看。混乱之中几人说道："不要吵了，坍台死了！让别人看好戏呢。"这时他们才注意到门口早已站着许多人。项文星这时发现桌边靠东两张座位上，彭阿姨和孟大鱼正连连摇头，一言不发。他吓了一跳，又揉揉眼睛，才发现他们的头发确是全都煞白了。银丝缕缕贴在脑上，神色憔悴削进脸里，不过两周的时间，全似换了一个人，这令项文星心疼地几乎要哭出来。他从未见过一个人的悲伤可以在外部形状中体现得这么极端。孟大鱼的身形从椅上缓缓地高起来、大起来，白了脸朝门口慢走，人群被风吹散似的往外稀了，只有项文星还待在原地，孟大鱼目光寡淡，也不知看没看见他，点了根烟继续向前走。

"不好意思……我们也是刚刚听到了这个消息，打算来吊唁的，却没想到……"孟大鱼走到身前时，项文星开口道，边拿出礼品要递给他。卢荟见状也跟了来，一见孟大鱼这副模样，也不由得打了个寒战。

"哦，是你啊。"孟大鱼似乎才刚刚注意到他，吐了口烟有气无力地说道。手上却丝毫不接递来的礼品。

"你们……还好吧？"项文星刚这么开口，卢荟就用手肘敲了他一下，意思他这问的是句废话。

孟大鱼叹了口气，板着脸道："不好意思啊，让你们看笑话了。"

卢荟赶忙道："哪里哪里，是您儿媳妇不好，她说的实在也太过分了。"

孟大鱼说："她也没有错，是我们没有照顾好波波。"这么说着，他喉头似又哽住了，只好深啜一口烟，手指在唇前颤得像通了电。

项文星接着安慰道："可千万别这么说，谁都不希望发生这种意外的，要怪也只能怪那司机开车不小心。"一边这么说，项文星一边心恼这话总词不达意。面对丧亲之痛的人，似乎怎么说都没有力道，都不甚精确。说得太细怕揭对方的伤疤，说得太笼统又嫌不够真诚。好不容易想到一句好的，一旦出口，似又从无数意想不到的角落中延伸出新的暗示不经意地刺激到对方脆弱的心。这种步步为营的对话气氛使得项文星更觉沉重难当。

果然，孟大鱼不吱声了，只一个劲儿地抽烟，烟头的橙色火星大段地后退，这让项文星如坐针毡。卢荟也觉得气氛凝重，便道："你们还是要注意身体啊，我看你们头发都一下子白了，心里特别不好受。"

孟大鱼说："其实我还好一点，老太婆还有点没缓过来。"他停了一会儿，似在回想彭阿姨这几日的情况，又说"哦，对了，你们的那只猫能不能再给我们养几天？老太婆每天也就喂猫的时候看上去稍微适意一点。"

"那当然可以，"项文星脱口而出，"要是养着猫能让你们渡过这个难关，那它也算立功了。"

孟大鱼很苦地笑了笑。那边桌上的纷乱似乎已经渐渐平息下来，人们开始准备离座，打包饭菜的打包，拿纸擦嘴的擦嘴，吵过架的两人依然冷看着，周围的几人依然各方劝着，一阵桌椅响动，一圈人陆续站起了身。孟大鱼说："实在不好意思。那就谢谢你们了,这个礼我就不收了。"说罢扔了烟回头走去,背驼步淡,肩上的黑纱随着步伐病恹恹地起伏晃动。卢荟抬眼看了看项文星,神色里夹着一丝埋怨。

回家以后才知道,她是怪项文星答应得太快。可项文星也是没有办法,两个老人为了这件事变得多么枯槁也是亲眼所见,在这样的情形下,要是再提出拿回辛巴,实在是于心不忍。卢荟并非铁石心肠,她是理解的。只是她不知道这一拖得到什么时候,毕竟,对于老人而言,失去了宝贝的孙子,这种痛苦可不是一个月两个月就能平复的,余生都陷在其中的,也大有人在。项文星沉思了一会,也只好说,总有稍微好些的时候的,他们也不是不讲理的人。

· 05 ·

光阴如水,流过夏天。秋叶落在时间上,漂着漂着空气就有了寒意。项卢二人也像流水那样顺着地势没头没脑地过着日子,但随着秋日逼近,寒气同样侵入了他们的生活。这主要是因为期间发生的两件事。其一,项文星写完了论文,交给学院盲审,可结果下来,意见颇多,小意见也就罢了,可偏偏是关于课题方向和创新性上的致命批评,这就意味着要进行大改。项文星想求助导师,可导师一心处理自己的项目，应酬自己的人际，为这样那样的项目奔波爬峰，需要学生帮忙时一声令下，又是出差又是写文，不需要时就避之大吉，遇学生找来询问学业也只敷衍了事。项文星开始后悔自己当初选择导师不够慎重仔细，虽然早闻学院里包括他在内的几个导师是出了名的"压榨派"，却没想到竟是这般严重。导师帮不上忙，项文星在此地又不认识太多行业内的人物，到头来只能靠自己，于是日夜奋读，希望能在截止日前找到创新点，改完论文，再次提交。只是这事谈何容易，一连几日，他都毫无头绪，头发倒是掉了好几撮。

这也间接导致了第二件事的发生。自从那天夜里项文星冒失地意外兴奋之后，他为自己的毛病找到了一个快捷的治愈方法，那就是在脑中想象彭阿姨那个蛮横无理的儿媳妇。他发现只要自己想起她来，下面那条尘根就会倏然挺拔，起初觉得这样极不合适，不过时间久了，也就逐渐麻木，毕竟，他想，谁的心里是真的一尘不染的呢？只要效果好，用的是什么药又有什么关系呢？借着这一方法，项文星和卢荟过上了几晚好日子，只是好景不长。倒不是项文星旧疾复发，这回是卢荟了。一块心病就此祛除后，卢荟又有了新的事情开始担忧，仿佛人的担忧和盼头一样，都是维持生活的必需品。她开始日益思念辛巴，觉得日子里少了这只猫，便似少了全部的活力。这种思念不仅体现在语言上，更体现在身体上，项文星渐渐发现她失去了往日的柔韧和扭动，在床上显得既忧愁又苍白，有时甚至还会在过程中直接和他说：你说，辛巴还会回来吗？项文星大为扫兴，觉得此人有些不可理喻了，毕竟，他说，一只猫而已，怎么就这么放不下。卢荟的理由倒让他也哑口无言了：这可算是他俩的定情信物，一养许多年，这感情岂能说断就断。项文星没法反驳，因为卢荟这是将猫和感情绑定在了一起，反驳了猫也就是反驳了他俩的感情。他说：可是我没有走啊。卢荟没有回答。此时空气静得吓人，项文星才意识到这空气并不是从此时才变得这样的。自从辛巴走后，他与卢荟之间也渐渐疏淡，常常不知聊什么好，即便聊了什么也都怪怪的，仿佛所有的话语都成了聊以填充寂静的劣质棉花，这让他想起当时和孟大鱼对话时的情景，身上承受的也是同等质地的压力。两个人生活，原来还是需要有第三个活物才能平衡的，他想。可要拿回辛巴，眼下又实在没有机会。他便只能一边哄着卢荟，一边继续把日子过下去。直到那日，项文星学业失意，正想回去后在女友身上求些抚慰，却被百般推却，一问才知，今日是辛巴的生日，也就是他们当初决定领养辛巴的日子。卢荟满怀忧思，无心快活。项文星气了，女友爱猫很平常，可到了这个地步，未免太过分，他一把扳过卢荟的窄肩，强摁到床上，一阵推挤之后，卢荟终于勉强顺从，歪了头一副任人宰割的无聊模样，项文星却额上滑过一滴冷汗，怂怂捶了下枕头，移到她身边平躺下来，再也不动。卢荟伸手一摸，那东西好似一团绒线球，松软地搁在那里，懒懒地罢工了。项文星满脑子彭阿姨儿媳的模样，却再也没有奇效产生，再想下去，就连那女人的形象也渐模糊了，脑中一片雪花空白。卢荟不敢说话，项文星也一时无语，这可怕的寂静再次来临。几分钟后，项文星坐起身，说：明天我就下楼，问彭阿姨把辛巴讨回来。

彭阿姨又是一个人在家，孟大鱼出门去公园闲坐了。那件事后不久，孟大鱼又日日不在家待着，只是也没有了打麻将的兴致，改成了去公园长坐。项文星说，那倒也好，出门看看风景，心情也会好一些，彭阿姨也该一起去。彭阿姨摇摇头，说，我还是在家陪波波吧。这么说着时，眼里却看着辛巴。她见两人不解，便继续说道，这猫和波波有缘分，波波走后，我就管它叫波波了。接着她就讲到这两者是如何相似，如何一样地活泼、狡黠、会看人眼色，如何一样地漂亮、灵动、讨人喜欢，如何有默契，如何不离不弃。她说，波波原本被他娘搞成书呆子了，不会哭不会笑，是这猫来了以后才又变回了该有的样子。它把快乐的时光就这样带给了一家人。许是把哀思都寄托到了猫上的缘故，彭阿姨的精神状态看着比头七宴时好上许多，说话也能顺当了。只是一双滞重的眼皮底下还不经意的有沉痛目光射出，满头软枯银发也时时提醒着两人这场悲剧对老人的打击。这让他们迟迟找不到开口讨猫的时机。卢荟瞥了项文星一眼，意思是看看他如何兑现自己的承诺。卢荟和彭阿姨那儿媳不一样，她生气了也不会拔高嗓门，更不会恶语相向，而采用另一种阴阳怪气的方式：她露出愁容，作出愠态，日常动作照样不停，可举手投足分明都在抱怨，都在抵抗，都在逼人。现在也一样，明明是她最想要猫，可她偏偏不说，偏偏不时给项文星递眼神，用紧绷的胳膊手指暗示他，用对辛巴的长久凝望催促他。要是项文星不予理睬，就此离开，回到家里卢荟一定又一副祥林嫂样子，怪他妇人之仁，怪他没有本事，怪他不在乎女友的心意，吃饭睡觉出门玩乐统统走了样，刮去了生活的层层趣味。项文星想到此处，不免叹了一声，边和彭阿姨有一搭没一搭地聊天说话。他甚至开始将卢荟那一套也学了过来，用眼神和微妙语气提醒彭阿姨：这事由您来开口最不尴尬。彭阿姨呢，不知是收到了暗示不做反应，还是压根就没那么多小心思，还在幽幽婉婉地叙说着那场悲剧，说着儿媳妇如何迁怒于她，并且还发现了波波没有去上课的事，自然又是一顿数落，说着官司打下来最后赔了两百多万，可对方却一时拿不出钱，只能慢慢赔。两百万——她摇摇头——两个亿又怎样，波波又不是买来的。说着两行泪痕又车辙样碾过双颊。项卢二人默然。片刻之后，她大约也感到这话题暗了气氛，抹干脸皮，转头问两个青年感情如何，谈了多久，有无结婚打算等常规话题。项文星沉浸在怀思气氛中，经彭阿姨这一问，抽出神来。他想起自己曾非正式地见过卢荟父母一面，但之后也没了下文，虽然面上没说，但他明白他们嫌弃他是外地人，决意好好读完研究生，找个好工作，以此博得些认可，这么着，他又想到了自己的论文，不免又恨起来，伤起来，原本还对彭阿姨的遭遇满心同情，脑中这么一连串念头通过，倒觉得天下又有谁的生活是没有伤痛的，便横了心，决定向彭阿姨提出讨猫的请求。他介绍起自己和卢荟相识的过程，将重点落在了散步时对辛巴的发现上，讲完那只猫在他们恋情中起到的重要作用后，便停了下来，忐忑地看了看彭阿姨。

彭阿姨本来听得有些滋味，一到这个停顿，自然也领会了他的用意，眼神轰得一下散了，像叠好的纸牌屋被指尖轻轻弹了一下，一切就成了纷飞、坠落和零碎。但她还是忍住了悲伤，自言自语似的说：原来是这样啊……两人噤声。彭阿姨继续说："真的是不好意思，我不知道它对你们这么要紧，真是的，都怪我，养猫的，又怎能不挂念自家的猫呢。"卢荟道："可千万不要这样说，彭阿姨这段时间确实比较艰难，能有辛巴陪着，让您好受一些，我们也算是功德一件。"彭阿姨摇摇头："算啦，算啦，是我不好，哎，人老了，老是犯错误，那你们这就拿回去吧，实在是不好意思了。"说着正要起身捉猫，卢荟立刻摆手说："不用不用，彭阿姨要是真的喜欢的话，再养一段时间也没关系的，毕竟你对我们平时也多有照顾，现在碰上这种事，我们正想出力却不知道该怎么办,正好可以让辛巴多陪陪您。"项文星呆坐在一边,吃惊地望向卢荟,他搞不懂为什么好不容易彭阿姨答应了,卢荟却还要这样推辞。他吃不准卢荟到底只是客气,还是当真这么想,一时竟不知说什么好。彭阿姨看了看辛巴,眼里是无限的怜悯,小家伙现在正伏在地板上打哈欠,那无忧无虑的样子像极了回神过后的波波。她心里是一万个不愿意,但还是叹了声,说:"不行的,不行的,终究是不好意思的,来,波波,我们回去了。"说着抱起了它,心疼地挠着它的脑袋,依依不舍地交给项文星。项文星迟疑了一下,看了看卢荟,又看了看彭阿姨,还是伸出了手,说:"那以后您常来看看它,当然,我们也会常来看看您的,实在不好意思。"彭阿姨说,"不好意思的是我,对了,这些东西,小姑娘也拎上去吧。"她便走到橱柜处,打开柜门,取出辛巴所用的猫粮猫砂等物。卢荟接过来,也说了些客气话,说完看向项文星,从这眼神里,项文星知道自己揣测对了她的意思,释然之余,还有些得意。正此时,大门锁孔一阵响动,接着门开人入,是孟大鱼。他一见两人在屋里,先是一笑,接着从他们手中的猫和猫用物品里明白了意思,笑容也渐渐不牢固了。他说:"哎,终究还是要走了啊。"彭阿姨出门迎来说:"毕竟是人家的猫嘛……"孟大鱼愁眉苦脸地点了点头,嘴里喃喃又重复了一遍:终究还是要走了啊……这话项文星听来一语双关,仿佛既是说猫,也是说孙子，一时恻隐之心又涌上胸口，放下猫说："算啦，彭阿姨，孟大叔，还是让它在这里多待一会吧。"卢荟显然没想到项文星会这么做，暗中掐了掐他的胳膊。但这一回显然他的决心更强烈了，再加上孟大鱼也在一旁撺掇，说反正楼上楼下近，小两口还是可以常来看看它。彭阿姨本就不舍的心这时更把持不住，蹲了下来一边点头，一边将辛巴从背上一路抚去。"谢谢，谢谢你们了，"她流着眼泪说，"波波，乖，我们这又不用回去啦。"说完又捧着辛巴站起来，抱孩子似的摇来晃去，挂着泪的脸上洋溢着喜得贵子般的快乐。项文星见她这副天真模样，心里感慨自那件事后，彭阿姨难得露出这样纯粹的表情，大感宽慰。卢荟见彭阿姨和孟大鱼仍在不住地道谢和抱歉，便也不好再说什么，只得把手中那些东西重又交回去，同项文星一道出了门。临走前彭阿姨捉住辛巴的前爪摆着说："波波，对哥哥姐姐说谢谢，说再见。波波三岁啦，该懂事啦。"

果不其然，回到家以后，卢荟的脸色就不好看了。但她嘴上却是不说，她明白，上次波波的头七宴上，项文星见老人憔悴而答应了他们的要求，自己当时的埋怨已经不是很站得住脚。这一回，他们又亲见彭阿姨对这乖猫是多么的喜欢和不舍，要再直言相怪，则更显得自己无情和讨人厌了。然而胸口郁积的这口气却迟迟下不去，她甚至认为彭阿姨或许是个好人，但那个孟大叔则多少有些心眼，上次是他提出的要求，这一回又是他在一旁煽风点火，扭转了彭阿姨的心意，这些，未尝不是故意为之。这么想着，她更加感到无可奈何，脸上也更委屈拧巴。这一切当然都被项文星看在了眼里。他在从手中放下辛巴的那一刻起就开始思考回去以后该如何哄女友，现在，这些脑子里的话全都一股脑洒了出来，卢荟连说自己不在意，心里却嫌那些话终究是空把式，没一句能让境况有实质性好转。她本身就不是能被空话哄好的女人，更何况此时也过了最容易听进空话的岁数，要讨她欢心，某种程度上比讨回辛巴还难。项文星无奈，只好说，要不再去买一只新猫，既缓解了现在的思念，等辛巴回来还可为它添个伴。卢荟实际上还是不满意，觉得男人待猫和待女人一样，腻了就厌，没了就换，毫无从一而终的责任感。但眼下确实也没什么更好的办法，看项文星一副苦心思索的样子也是不容易，便露出欣然的样子答应了下来。项文星长舒一口气，仿佛解决了哥德巴赫猜想。

卢荟这人，小心思虽多，虽作，毕竟还是有不少难能可贵的优点的。别的不说，就拿愿为男友分担房租这一点来说，就不是许多女生可以做到的。父母在她面前对小项颇有微词，她也都置若罔闻，完全不让项文星知道，免得他多想多虑。这回买新猫也一样，她体谅项文星最近学业压力重，自己一人去逛了各大宠物店，办齐了驱虫打针绝育等各项措施，毫不麻烦男友。那日项文星回到家，一只纯种银渐层美国短毛猫就活灵活现地在他面前乱窜了。他们给它取名为翘翘，因为它的尾巴总是翘得老高，据说猫把尾巴翘成拐杖形，意味着它们心情愉悦，亲近喜人。翘翘的心情总是很愉悦，从来就不怕人，也不乱抓家具，可以说是所有养猫人心中最完美的性格，毕竟是卢荟千挑万选出来的，一定差不了。项文星见状，感激卢荟辛苦奔波之余，又觉得波波一事终于暂时搞定了，一颗心总算放下来。几日过后，新的论文也已修改完成，上交审核。两人去餐厅庆祝一番。事实上这庆祝来得并不扎实，因为一来波波仍未回归，二来论文也只是提交而并未过审，两桩事情到底都没有彻底落实。但他们各自明白，这段时间经历了这许多，实在是需要硬生生挤出点好事来取乐一下自己。回去过后，两人上床，项文星没有走捷径，靠自己就呼云唤雨，一时有些激动，差点忘了形脱口而出，话到喉头才意识到不合适，无比后怕地吞了下去。他仰倒在床上，睁眼想着：要是卢荟晓得前几回自己表现好是因为脑子里一直想着彭阿姨的儿媳，不知她会气成什么样子。这样那样，说着不想，现在又想起那蛮横儿媳来，项文星思绪又乱。他依然不明白这是怎么一回事，扭头看了看卢荟，她已穿了睡衣抱着翘翘在沙发上喃喃自语：你哥哥很快就来了哦，你们到时候可千万不要打架。

项文星发现了，卢荟虽然嘴上不说，但自养了翘翘这几日来，她的心片刻也没有从辛巴身上转回来过，她期待的全然不是以翘翘代替辛巴,而是一心想要让辛巴回来后有个好伴。似乎她的一片心思只在辛巴一只猫上,要说辛巴的特别之处,也无非是定情信物。可是如今,信物虽失,可爱人还在,为了信物冷落爱人,岂非买椟还珠?他想不明白,就像他想不明白为何彭阿姨的儿媳可以带给他如此的冲动。他隐隐地感到这两件事背后的原因是相同的,甚至所有人的生活中都包含着这种隐患般的因子,但他无法确认那是什么。他只知道,那绝对是一种异常。看似平凡的生活中,人人都带着如此的异常浑然不觉地喜怒哀乐。项文星想到这里,不免有些怆然,看卢荟的眼神也带上了思辨色彩。卢荟将她在手机里看到的事情告诉项文星,项文星随口一应,心里却仍不住地想着:这是异常的。

· 06 ·

那日中午,项文星照旧去第十六层的咖啡馆落地窗边坐着。尽管论文已经写完多日,可是他仍保留了这个习惯。今年的秋天冷得特别早,去咖啡馆要比在家里暖和。公园的湖里,天鹅也都没了踪影,想来它们不是要迁徙,就是冷得钻到什么地方准备过冬去了。项文星看着空荡荡的湖面,心里这样想着。忽然收到一条消息,是房东发来的,问租房已近一年，是否还要续租。项文星考虑了一会儿，觉得房子虽然起初有这样那样的毛病，但这么久住下来，也没再发觉有什么新的缺点，况且搬家也是件麻烦事，便答应了下来。傍晚时分，项文星和卢荟一起接待了房东和中介验房。房东看了被挠得千疮百孔的沙发、窗帘、棉椅、卧榻，脸色顿时阴了下来，露出一排杏黄牙齿啧啧心疼，说："这可都是我装修时新买的呀。"项文星等人早有心理准备，说他们可以赔偿。房东说，这是当时家具展上问人低价买的样品，要再买个新的，可不是这个价钱了。言下之意，是要他们按原价赔。这一下两人就慌了神，互相看了对方，他们原以为那只是网上随手可以买到的便宜货色，却没想这么稀有。实际上，也只是稀有，不见得有多高档，但按了原价，总归不是个小数目。几人于是争执起来，中介两边劝着，最终房东让步，说房租涨个两百块，家具按买来时的价赔，项文星还在犹豫，卢荟却说让他俩再考虑一下，过几天再答复。房子还剩二十天到期，在那之前会做出决定。房东说，二十天不行，最多十天，毕竟又不是今天挂牌明天就有人来租的，还提醒他们，就算不续租，这家具也还是要赔的。两人垂头答应，送瘟神般将房东送到小区门口，悄悄吩咐中介再劝劝，尽量把价再压下来些。中介无奈，表示此处房价一年来又涨不少，哪怕没有家具的事，房租再贵个一两百块也不怪。卢荟搬出洗衣机水管的事和后来又碰上的一些装修方面的小毛小病，意思是这些不妥地方也让他们受了苦头，至少应该互相抵销。中介苦笑，只得说，那我再去劝劝看。

两人回去路上，抱怨房东心机，卢荟又想了几个应对方案。项文星发觉，遇上这种事，卢荟似乎总是很有斗志，仿佛和房东斗智斗勇是人生一大快事。正聊着，遇见孟大鱼提着一袋东西迎面走来，正要出小区。项卢二人一打招呼，孟大鱼方说，是给彭阿姨送菜去的。彭阿姨怎么了？没什么，一点小毛病，在医院里躺一会儿，明天就能回来。项卢二人望望，提出一起去看看她，孟大鱼想想便答应了。

彭阿姨的肺一直不好，早年得过肺结核，后来虽说好点，却也需常常吃药。孙子出那事后，心情郁结，身体又一下子坏了下去。此去医院，乃是做个穿刺手术，眼下恢复顺利，躺在床上一见大鱼带着项卢二人过来，也便坐起身子，露出笑脸。没寒暄几句，彭阿姨就问大鱼波波如何了，大鱼知道她指的是辛巴，便说乖着呢。彭阿姨说，天气转凉，要注意保暖，不然要感冒的呢。众人便被逗乐了，彭阿姨却仍一本正经，辩解似的说，笑什么呀，小孩长身体阶段，最不能生病。大鱼笑着连声说是，边拿出手上那袋东西，原是一碗浓汤，装在塑料盒里，掀盖时还有热气冒出，香味也霎时溢满了病房。趁热喝吧，大鱼说，猜猜这是什么。彭阿姨推说刚做完手术，胃口还不太好，大鱼再三请求，她才抿了一口，又撕了一小块肉送进嘴里，脸色幡然一变，好比电灯一亮，惊说这是天鹅汤？大鱼眼睛眯成丝，点头说就是天鹅汤，小菜场里新摆的摊头，这家养的虽然跟那时候野生的不好比，不过味道应该也还不错吧？彭阿姨笑了，又继续喝了几口。卢荟看着二老温馨甜蜜，颇感欣慰。项文星却不由得颤了下身子，他蓦地想起公园里常见的那几只天鹅正是今日消失的，又想起彭阿姨说，大鱼当年正擅长在山地里药野天鹅吃，几个巧合凑在一起，他便不得不联想大鱼这天鹅正是从公园里偷偷药来的，毕竟，现在哪还有什么摊头卖天鹅肉呀！想到这里，他的脸色夹在欢声笑语里悄悄泛白了。大鱼现在转过头来跟两人解释，当时正是用这天鹅肉追求到了彭阿姨。彭阿姨嫌弃似的地拍他一下，说她早跟两人说过了。卢荟笑说，就好像当时我俩因为辛巴才在一起一样嘛。大鱼又笑。没有人注意到项文星的变化。当然，他想，也许真有这样的摊头，卖天鹅肉，卖穿山甲，卖中华鲟，只不过不好找，孟大鱼在当地混得熟，对这些旁门左道有些了解也不无可能。但大鱼夜里撒药偷天鹅的画面还是在项文星的脑海里挥之不去，再定睛看时，越看他和彭阿姨的笑脸越觉得脊背上冷汗涔涔，他只想快点离开这里。但卢荟偏偏还说，明天一起来接彭阿姨回去。鬼知道她是真心实意，还是想借机再把辛巴领回去。项文星已经无暇思考了，大鱼代他婉拒了卢荟，说谢谢她的好意，但明天有儿子儿媳开车来接。卢荟也只好作罢。项文星听见儿媳要来，心里一阵惊恐，仿佛逃犯听见了警笛，这下便更说不出话了。

项文星这一天大约在冥冥之中犯了什么劫数，先是被房东好失折腾了一番，接着又目睹了日日所见的天鹅忽然成了楼下彭阿姨的盘中餐，但上天仿佛觉得这样还不够似的，在当天晚上回到家后，又给了他新的打击。这个打击以短消息的形式出现，是来自学院里的通知，说他论文盲审又没过，考虑到时间问题，建议延毕。项文星这一下如同挨了雷劈，良久没有说话，他找导师，导师自然又是一顿搪塞。项文星愣坐在沙发上，重重烦恼涌上心头，甚至都不知该先考虑哪样好，便索性空了脑袋，什么也不想，打坐似的一动不动。卢荟见他那样，也不知如何安慰得好，只得劝他明天去学院当面跟导师沟通。项文星不响，只一个劲发呆。翘翘似也感到了气氛的微妙，蜷起身子缩在椅子上，一声不吭。卢荟看着它说，我以前就老觉得，辛巴是我们的福星，你看，我们一见到它，没多久就在一起了，然后你考上了研究生，我找到了工作，都是托它的福。它这一走，房租也涨了，你论文也没过，什么坏事情都来了。项文星冷冷地说，你这是迷信。卢荟说，讲点迷信也没什么不好的。项文星说，照你这么说，那为何彭阿姨他们养了辛巴，就遇上了这样的事？卢荟倒也能自圆其说，道，辛巴是我们的福星，但不是他们的呀。项文星哼了一声，没有回答。卢荟见状，继续安慰道，明天先去和导师沟通一下吧，实在不行，延毕就延毕了，又不是退学，人生那么长，晚半年毕业又有什么关系。项文星不响，心里却想，原本预计过年即可毕业，如此一来，春节回家，面对亲戚们的无数质问，自己怕是要丢尽了脸面。要是再问起结婚的打算，则更是一团乱麻。原本自己从外地辛苦考到此处，家里大张旗鼓，搞得村里无人不知，弄得自己好像还未出门便已衣锦还乡，谁知几年过后，却面临这无法交代的处境，不禁羞愤。卢荟在一旁又换了几个法子安慰，项文星只是不理睬，卢荟便也作罢，躺到沙发上自顾自玩起了手机。两人便一夜无话。按说卢荟也是仁至义尽，可在项文星眼里，这就又是异常的一部分了。他没有意识到，他所以为的异常不仅仅是生活的、卢荟的，更是他自己的。无人不在漩涡之中。

第二天醒来，项文星冷静了许多，为昨晚自己的态度向卢荟道了歉，便去学院会见导师，直到傍晚才回来。一见他垂头丧气的样子，卢荟就知道结果不尽如人意。她早已为他烧了一桌菜，这在之前还从未有过。项文星想感激，却发现力有不逮，胸中尽是郁结之气，只能勉强说一两句。他见到卢荟煮的鸡汤，又想起昨天大鱼的天鹅汤来，便将这个事情告诉了卢荟。卢荟笑笑，说，你还说我迷信，你这才是疑神疑鬼呢，全天下就只有公园里有天鹅不成？项文星苦笑。两人就这样又谈了起来，今日项文星虽然仍是郁闷，却比昨天好了许多，两人从论文的事情聊到房租的问题，接着又天南海北地说了些别的，项文星觉得，是有太久两人没有说这么多话了，居然感到有些陌生。他长久地望着卢荟，发现卢荟的脸也陌生起来，就像盯着一个字久了，字就不像字似的。他既不害怕，也不欣慰，只觉得这一发现颇为有趣，便笑了起来。卢荟也笑了，清秀亮丽，是一张很鲜活的笑脸。

正此时，门却响了，项文星起身开门，来人并不陌生，却完全出乎他意料，以至于失口大叫一声，倒将那人也吓得后退了半步。卢荟闻声赶去门边一瞧，原来是彭阿姨的儿媳。她并没有进门，只是在门口一个挨一个地看了两人，确认自己没找错地方后说："我婆婆家的那只猫是你们的吗？"这时项文星才回过神来，发现她手里竟提着猫砂和猫粮，嗫嚅道："是……怎么了？""快拿回去吧！"那儿媳声音不响，但话语里怒气十足，她把手上东西放到地上，说，"现在就下去！我婆婆被它搞成神经病了！"

项文星匆忙拿了猫包，便和卢荟、儿媳相继下楼。一路上他刻意将目光避开儿媳，意识却始终将她钉在余光里。想到脑中无数次的幻想，他羞愧难当，心直往喉咙外跳。好在楼梯不长，没一会就到了彭阿姨家门口，开门一看，彭阿姨手里拿一小簿子，正和大鱼、儿子理论着什么，看不出是谁在劝谁，场面很混乱，辛巴被儿子紧紧抱着，背对着母亲不让她见，一见妻子带着项卢二人来了，好似找着了救兵，立马把辛巴往他俩怀里送。

"这是怎么了？"项文星说。

这儿子看样子比较老实，也不像妻子那样气急败坏，只娓娓地说："哎，你也知道，我们的孩子前些日子……然后老人家一时有些承受不住，将这猫当成了孙子。我们本来以为只是寄托一下思念，没想到现在越来越严重，我们今天刚把她从医院里接回家，她就上上下下地看着这猫，看它哪里着凉，哪里伤着，说要多穿点衣服，还嚷嚷着孩子岁数到了，拿着识字簿要教它识字。说他娘管教的是严厉了些，不过字总归得认得。总之……麻烦你们尽快拿走吧，再这样下去只怕她一发不可收拾，不好意思了。"

项文星这时想起昨天在医院里，彭阿姨也说过不要害猫感冒之类的话，当时只觉得是开玩笑，没想到却是她的真实想法，难怪当大家都被逗笑时，她还依旧一本正经，不知道这是在笑什么。

· 07 ·

项文星一时有些发愣，卢荟见了碰碰他的手臂，他才回过神来，放下猫包，拉开拉链，准备将彭阿姨儿子手中的辛巴装进来。彭阿姨一见到他们要带走辛巴，急得快跳起来，直朝项卢二人那儿冲，说："你们这是要带波波去哪儿呀？"好在儿媳上前一步抢先将她拦住，才没有阻止住她。

辛巴大约有些害怕这么多人的吵闹场景，身子不断扭着想要逃，两只脚爪胡乱抓着猫包边沿，怎么也塞不进去，卢荟只好也来帮忙，收拢它的双脚送进包里。见到辛巴如此不情愿的样子，彭阿姨更焦急了，伸手过去想要抱住猫包，力道之大就连那儿媳也快抵挡不住，只见她不断地朝项卢二人喊道：你们快点，装好了就拿上去吧！

辛巴终于被摁到猫包里了，透明的罩子里，辛巴左扑右挠，仿佛寻找暗门或者地道。项文星还未将拉链拉上，一阵惊人的哭吼声从身边爆发了出来，彭阿姨挤开儿媳，几乎是跪在地上紧紧扒在猫包的玻璃罩上，眼泪骨碌碌全掉下来，喊着：波波！你不要坐在玻璃窗边呀！波波！你快走呀！她扎起的银色头发也松了，发丝一缕一缕地垂下来，掩映着那张被泪水和痛苦揉成一团扯成碎片的七零八落的老脸。项文星和芦荟呆住了，儿媳和儿子也哭了，大鱼在一旁搀扶着彭阿姨，可她又怎么舍得松开手。又是儿媳，这个刁蛮无情的女人最先走出了悲痛，回过神来，一手扒着猫包，一手抓住老人枯瘦的手腕，硬生生扯得两者分离，这一扯，便好似将老人的肉与皮扯了，灵与骨扯了，使她匍匐着前进再度试图抱住猫包，解救辛巴。儿媳又是重复着掰扯，又是不断拍打老人的手背，又是扭曲着五官狠叫：丢死人了！丢死人了！丢死人了！项文星站在一边，丢了魂似的一动不动，他从没见过如此丑陋的脸。

许是因为混乱之中，所有人都神志不清，以至于忘记了最重要的一点，那就是彭阿姨和儿媳尽管拉扯剧烈，你来我往，但是猫包的拉链却始终没有合上，还有一个拳头宽的口子，在拉扯中，在猫的抓挠中，口子越来越大，直到容得下它的整个身子，它便纵身一跃，从猫包里跳了出去，穿过大开的房门，钻过楼底的铁门空隙，隐入广阔的小区绿化之中。所有人都没想到这一幕的发生，于是发生了异样的，大约持续了三秒的绝对静止，接着，才是卢荟的一声"去找呀！"，项文星才和她跑了出去。彭阿姨紧随其后，孟大鱼和儿子与其说是找猫，不如说是跟着彭阿姨免得她出事，只有那儿媳，仿佛劫后余生一样，先是大口地喘了喘气，然后喝了杯水，擦净了眼泪，才拿上房门钥匙，慢悠悠地蹬上驼色中跟鞋出了门。

天一冷，夜晚就来得特别早。一行人出门找猫的时候，万物的轮廓都已经不清晰了。他们叫着、喊着，学着猫叫、挑开灌木丛望着、用手机打了手电挥着、去垃圾桶边捏着鼻子转着，小区一共这么大，却怎么也没有它的踪迹。彭阿姨的儿媳走到项文星身边，问他这猫买来多少钱，我们赔就是了。"是只野猫，不是买来的。"项文星说。"哦，"儿媳说，"那你给我个手机号，我给你打两千块吧，毕竟是我们把它弄丢的，实在是很不好意思。"项文星看了她一眼，想起了她扒开彭阿姨双手时凶狠无情的模样，想起了她种种刁蛮的言行，此时竟却也懂一些人情世故？她身上的气味在夜色中悄悄弥漫开来，项文星脸一红，垂下了头，不再看她，淡淡地说："你再去帮忙找找吧，我不要钱，只要猫。"那儿媳提一口气，想说什么却没说，只得悻悻离开。项文星扭头偷看了一眼，舒心下来，又盯着她远去的袅袅背影若有所思。

最终仍是一无所获，彭阿姨仍不罢休，可一众亲人们已经受不了了，便硬拖着哭哭啼啼的她回了家。项文星向卢荟提议两人分头再兜一遍，这次再没，就只好回去做寻猫启事了。小区的监控也已看过，无奈天色太暗，摄像头里什么也看不清。卢荟同意，两人便相背而去。

项文星的内心，其实已然不抱太大希望了，他甚至有些后悔，应该收下彭阿姨儿媳的那两千块的，但他想归这么想，手眼却仍是机械般地寻找着。忽然，听得一处灌木丛有了响动，他浑身一机灵，放慢脚步，往那声响处悄然挪去，灌木丛前并排停着三辆车，辛巴的脑袋从当中那辆的底盘下面探出来。两只眼睛几乎要泛出红光。项文星大喜，却生怕动作太大吓坏了它，便小声唤着：辛巴，辛巴。它仍躲着不出来。他疑心是不是认错了猫，继续移近，看它脸上花纹，没有错，可刚看清，它便钻回车底了。项文星就绕着这辆车前前后后又是唤又是喷，好不容易才又等到它露面。这回却是在灌木丛和车之间的石阶上。辛巴端庄地蹲坐在上面，脑袋一低一低，身子却不动。项文星和它相距三米，不敢轻举妄动，只好反复唤着辛巴的名字，但它只是无动于衷。他忽然灵机一动，叫了声：波波。那猫便猛地抬起头来，仿佛在寻是谁呼唤它。项文星又连喊了两声：波波，波波！它便快速地走近了几步，复又蹲坐下来，望着项文星，斟酌他的敌意。项文星也蹲下来，尽量柔和地张开手，不时轻轻拍着。他知道，这个距离，自己只要动作足够迅速，是可以一下子抓住它的，但是相应的，倘若失手，那它一逃，失去了对自己的信任，也许就再也不会回来了。他便在这种迟疑中和猫进行了长久的对望，这对望足够长，长得好像从未开始过。从透亮的猫眼里，项文星仿佛钻入了隧道，瞳孔停住不动。待从隧道出来时，他感觉自己蜕了一层皮，流干了一夜的泪。可明月当空，路灯朗照，车辆在马路上来回驰过，没有风，也不热。这是人间最普通、也是最美好的一个夜晚啊。他说。猫看着它，点了点头。

这一晚，不仅辛巴丢了，就连项文星也丢了。他再也没有回来，没有人知道他去了哪。这样一来，谁都知道了，这个小区，这一幢楼：死了个孩子，疯了个婆子，丢了个汉子。三桩怪事一年之内接连发生，也引来了不少奇怪目光和流言蜚语。房东闻讯，怪罪卢荟，将她赶了出去，禁止续租。当然，她也不需要续租了。她将翘翘送了人，住回了父母家里，临走时路过彭阿姨家，听到一个声音一边哭一边叫着波波的名字。她无端地想：项文星假如是一只猫就好了。

寻找孟阙

· 01 ·

　　几乎是在一夜之间，孟阙成了一个家喻户晓的名字。弄里小巷、餐厅集市，无处不在谈论着他。学生们刚进入校门口，就互相用这个名字打招呼；财经节目主持评论股市行情，不将它比喻成"孟阙式的飞涨"就生怕自己落了伍。打开社交网络，满屏皆是孟阙二字，关于他的文章万箭齐发，转发者只高呼一声"孟阙！"便能得到万众点赞。它就像一个暗号，照面者只需互相道个"孟阙"，无论陌生与否，仿佛都因此互相认可，视为来自同一知情者乐园的知己。它又像一只深藏不漏又暗自闪耀的袖扣，凡将"孟阙"合理运用于沟通中的人士，皆会得到来自同行和领导们赞许而激动的目光。昨夜还不是这样的，然而今天一早，仿佛大家一齐做了同一场梦似的，纷纷为这如雷贯耳的名字雀跃不已。及至傍晚，无数正在吃夜饭的一家三口，都在讨论小孩今后该如何成为孟阙那样的人。无数单身女青年还在幻想自己未来的恋人能够拥有孟阙一半的魅力。很多年了，很多年没有出现这样一个妇孺皆知而又没有一丝争议的公众人物了——何止没有争议，简直万众膜拜；何止妇孺皆知，简直连边境村头犁地的老牛听见他的名字都会哞哞地欢叫两声。

可是，这个孟阙究竟是谁？

张 K 回到家里，回想这一天遇到的事，感到自己和天地脱了节。不止一次，他只是合乎情理地问了一句"孟阙是谁"，就遭到了对方无情的白眼——"孟阙你都不认识？"随后摆摆手，便不屑与他再对话。再问下去，他得到了一些答案，然而每个人的说法大相径庭。有说他是个歌手的，有说他是个演员的，还有的说他是个极富正义感的大学教授，更有甚者索性以为他就是刚上任的领导人，他们于是争论了起来，最后又以一种不可思议的笑场结束了争斗，仿佛大家达成了某一种共识，认为一切的分歧都无关紧要，或者这分歧压根就是一场令人啼笑皆非的误会，他们握手言和，不再为小事伤了和气，留下张 K 一个人疑惑地立在原地。

这感觉就像是天空下了一场幸福的雨，而他是唯一一个躲在屋檐下的人。张 K 打开电脑，输入孟阙的名字搜索，根据搜索引擎的说法，国内共有九十二个孟阙，其中包括一个并不出名的小说家（最初在某网络文学平台连载，三年前和一年前各出版了一部小说《夏天的夏》《冬天再爱你一遍》，销量惨淡，业内评分5分不到，其个人主页的粉丝两万七，首页上置顶的内容是：此孟阙非彼孟阙。张K向他发了私信询问彼孟阙究竟是谁，对方回了一排省略号就不再回答。张K觉得自己受到了侮辱，点了举报继续搜查），一个位于辽海的科技公司的总裁（公司名字便叫"孟阙娱乐"，那是一家生产手游的公司。根据论坛上的评论，不过是毫无诚意的圈钱之作。张K看了看游戏的截图，想象了一下游戏内容，评论了一句"垃圾游戏"便关闭了网页），一个四年前自杀的占星师，一个婚恋配对节目的固定女嘉宾（几个星期前已配对成功）和明晖省某市某县的一位副县长（除了职位以外，能查到的唯一和他有关的线索便是一年前某大会上关于农村深入改革的讲话）。其余的孟阙，难以查到更多的细节。也许是搜索引擎的计算有误，也许他们的一生还没有发生值得被搬上网络的事情。

那些社交网络上的文章他也都看了，然而没有一篇明确指出孟阙是谁，反而对孟阙的引申含义大加解读：一种没有预兆的幸福突变，一种人类共同默许的乖僻性格和眼神，一种新型逻辑或者反逻辑，一个没有原因的结果，一场不动声色的庆典，一道没有影子的光。没有人能完整地概括出他的含义，因此所有人都有自己心中的完美孟阙。他们承认着对方的孟阙，又秉持着自己的孟阙，在同一条想象力的小径上并肩前行——这本身即是一种孟阙式的前行，有人总结道，就像人们讨论哲学和死亡时的前行。

　　张K仰天叹了口气。他日思夜想自己该如何成名，研究着每个名人出道的路径，甚至为此不惜放弃格调，用最浅显的和弦编写旋律，在那不断重复的洗脑片段里配以更加幼稚滑稽却又朗朗上口的歌词，以期在各大短视频平台火上一把。然而他最为满意的《爱你啾啾啾》也不过给他带来了四十条的转发量，他便继续思索改进。没过多久，他发布了一篇文章，通过演唱视频和技巧解说将各大歌手的唱功进行PK和排名，因为他发现大众最喜欢做的事就是排名，喜欢将好好的一群歌手硬是划分出神仙级、大师级、唱将级、准唱将级和KTV级，喜欢诸如"某A稳坐乐坛唱功第一把交椅，和某B同一档，近来大热的某C某D虽然很强，但对于技巧的展现尚不够全面，和第一档的两位神仙比起来犹逊半筹"这样的结论。他本以为经纪公司会为此和他交涉，央他为旗下的歌手安上一个好名次，但他得到的仅仅是一些某C某D的粉丝的谩骂。他垂头丧气，继续写歌，同时盘算着要不编些明星们的八卦轶事，正这么想时，这个孟阙以他无法理解的形式出现在了所有人面前，得到了他殚精竭虑想要得到的一切。他迫切想要找到这个叫做孟阙的人，问他究竟是用什么方法如此爆炸般成名。但是，目前的情况让他难以置信——大家甚至都不能确定这个孟阙究竟是谁，但是谁都没有怀疑，仿佛大家实际上都清楚，只是心照不宣。

一个不能公开的秘密，一个唯有自己不知道的秘密。张K忽然就蒙上了一层孤独的外皮。他只能去问自己最推心置腹的朋友了，除此以外，谁都只会装腔作势。

"孟阙啊，"那位朋友陷入一阵沉思，"是个了不得的人。"

"我知道，"张K说，"可究竟是怎么个了不得法呢？"

"如今人人都在谈论他，但是谁都不能真正了解他，也就是说，他身上具有无穷的复杂性、解读性，是个丰富、深刻却又能使大众理解并喜欢的人物。这难道不能算是了不得吗？"电话那头的朋友如数家珍似的说道。

"我的意思是，他是个歌手吗？还是意见领袖？抑或是做出突破性产品的企业家？"

"不不不，都不是，"他立刻说道，"什么都不是，那些人都有局限性，孟阙没有。"

"那他是？"

"一个了不得的人。从未有过这样的人，也许耶稣或者释迦牟尼算一个。"

张K有些气急败坏了："我们别再绕弯子了，这件事已经困扰了我一天。人人都在说他，好像在说一个他们认识很久的朋友，但是问到究竟是什么人，却又都含糊其辞起来，我认为他们都在故弄玄虚,我当你是我最好的朋友,所以希望你可以真诚地告诉我那究竟是谁——别再用那些糊弄人的形容词了。"

电话那头沉默了好一阵,好像那位朋友在语言的荒漠里迷失了,他的喉咙发出沙沙声,就像在忍受着某种痛苦。张K见状继续问道:"所以你其实也并不真的知道孟阙是谁,对吗?"

"不不不,绝不是这样的,"那位朋友紧张地解释道,"我在思考怎么向你介绍他,毕竟现在很少有人还不认识孟阙。你真要问起来,就好比你问起'火'是什么,'判断'是什么,没见过的人无论如何也难以想象,可事实上只消它一出现你立刻就能理解。换言之,只要你认识孟阙,你就能知道他是谁了。"

"这不是耍无赖么!"张K涨红了脸吼道。

"对不起"那位朋友显得十分窘迫,"我知道这听上去很奇怪,可是我确实已经尽力了。你就这样想一下吧!假如要求你向苏格拉底介绍何为网络黑客,是不是也无从说起?"

"在未来一个新技术搭建的平台里,从事着类似小偷一般活计的人物。"

"……"朋友似乎在思索驳辞,良久才说,"好吧,那我这样说吧。孟阙是在一个确定的地方给人带来启示和希望的人物,他用他的技术实现这一切,就好像黑客有黑客的技术。"

张K的情绪稍微缓和了下来,他终于听到了一些有用的信息:"这个'确定的地方'是指?"

"必有其处,正如必有未来之路。"

"又来这一套!"

"对不起……我已经尽力了。"

张K冷静地思索了一下那句"必有其处",问道:"那究竟是为何,一夜之间,所有人都知道孟阙,只有我不知道呢?这个'必有其处',也并不是很便于理解和传播的概念嘛。"

"每个人都有每个人的理解,我说的只是我心目中的孟阙。"

"这么说来,孟阙其人,并不真实存在咯?"

"不!"朋友又赶紧否认,好像在阻止一场噩梦,"他是确确实实存在的,活生生的,正像我说的,'必有其处',他就在某处,就好像乌里塞斯·利马或者泰勒·斯威夫特那样,你认识他们,也确信他们存在,可要你说他们每时每刻在哪,你也说不上来。"

"这么说我是没法找到他咯?"

"当然不是,事实上这很简单,只不过没有那个必要,这是再清楚不过的。"

"我们可以不通过对有形物的目击就获得对它的信任甚

至——崇拜吗?"

"你要知道这种事时时都在发生,这没什么大不了的。关键是孟阙,"他说,"孟阙正是这样一号人物,目击他也不会改变什么,这对谁都一样。没人想要目击他,因为谁都知道这没意义。"

"够了,朋友,我认为你还是在兜圈子。"

"很遗憾你会这么想,"那位朋友郑重其事地说,"语言总有它的有效范围,可很多时候,我们发生的事都在那个范围之外。"

"好吧,谢谢你了。"张K挺直了身子,很快又"哎"的一声泄了下去,好像那声叹息压垮了他。

"对不起,但我是绝对真诚地在描述我所知道的一切,没有一点弄虚作假的意思。"那位朋友听上去十分歉疚,"但似乎并没有帮上什么忙。"

"不会"张K说,"多少让我有些头绪。"

"我们还是最好的朋友吧?"

"当然。"张K说着就挂了电话。

· 02 ·

第二天一早,张K一边出门吃早餐,一边打通了另一位朋友的电话。那是一位博物学家，或者历史学家，或者只是这些方面的爱好者。张 K 是经朋友介绍认识他的，他简直就是个知识机器人，额头呈冬瓜的形状，看人时眼珠老在眼眶里四处瞎转，像在眼睛的边缘不断反弹的玻璃球。他的大脑由于充满了过量的知识，以至于失去了常人的自理能力，不仅不会走路，连吃饭都需要兄长在一旁喂给他，只有双手因为经常翻书而保留了最后一丝运动机能。然而一旦张嘴说话，就不会有人能够在他密不透风的知识海啸中幸存。他能从餐桌上的酒杯聊到希腊神话，又从希腊神话开始大谈中国古代科举制度的作弊方法，接着又不知怎么的转到了二十多种除了变色龙以外还可以改变身体颜色的蜥蜴亚种。张 K 时常觉得，只要是人类已发现之物，就没有他不知道的。

然而，这通电话的结果令他大失所望。这位知识机器人先是大谈了一番那个叫做孟阙的小说家，从两本小说的情节到图书的销量巨细靡遗，自然，这对张 K 毫无用处——也许实际是有的，但他当时认为没有。接着，他又讲了那个占星师、科技公司总裁、女嘉宾和副县长。张 K 打断了他，说这些人并不像是人们所谈论的真正的孟阙，只是空有其名而已。那么你想象中真正的孟阙是什么样的呢？知识机器人问道。我想，大概是一种类似神秘事件的感觉。于是他又讲到了一些张 K 听过或没听说过的神秘事件，安布罗斯·比尔斯、费力克斯·蒙克垃、弗雷德里克·瓦伦蒂奇、可怕的本宁顿三角和消失的因纽特人村庄。张 K 喝着豆浆直摇头，正当他以为就这么回事的时候，他听到电话对面一惊一乍地叫道：我想起来了，中国也曾有过类似的人物。是吗？张 K 放下了餐具。那人是明朝海瑞在浙江做知县时的小吏，本名孟阙璋，为了避讳改叫了孟阙。陆容的《菽园杂记》里有过记载，说他有一回梦见自己杀了父亲，第二天海瑞以此想要将他打入大牢。可是孟阙从未将这个梦告诉过任何人，海瑞又是怎么知道的呢？更何况这只是个梦呀。海瑞说，如果现在就关押他，那么就可以拯救一个无辜父亲的生命。可是这只是个梦呀，孟阙重复道。这是必将发生的梦，海瑞说。孟阙没有办法，为了不使自己含冤，当天晚上回家杀了父亲，并由此被砍了头。海瑞看着孟阙噗通落地的头颅深深地自责道，还是晚了一步。

这么说的时候，张 K 在手机上找到了《菽园杂记》的电子版，并进行了全文搜索。

并没有孟阙这个人呀，他说，孟阙璋也没有。

一定有的，知识机器人信誓旦旦地说，我的记忆不会错。

也许那一节被删减了，他想了想更正道，毕竟人们太热爱海瑞了。

· 03 ·

从餐厅出来，张 K 忿忿地朝空中挥了一下拳头。等他走到家门口时，两个穿着明黄色宽厚制服的人叫住了他，并为他扣上了一副手铐。张 K 下意识地想要闪躲，但是对自己过往的坦荡使他放弃了这个举动。

"这是怎么回事？"张 K 问道。那样子就好像反而是他在审问被抓捕的犯人。

"你打伤了一条空气。"一个体格较强壮些的人说道，脸上带着愧疚的笑意，"你知道，那是很珍贵的空气。现在正吹东南风，那片空气也就随之而来了，若不小心一些，确实很容易发生这样的事。"

"可是我看不见空气呀，"张 K 说，"我怎么分辨哪些空气不能打。"

"看不见不代表不存在。"另一个瘦弱一些的人开口了，他的声音却比旁边这人浑厚得多，并且面容严峻，被帽檐遮住的双眼使他的形象显得阴沉。他用不容置疑的语气补充了一句："过失杀人也是杀人。"

强壮者耸耸肩："你看这个时节，街上没有人朝空中挥舞拳头，就是怕误伤了空气。"

"误伤空气……"

"我知道这事听上去很孟阙,但是没有办法,法律是法律。"强壮者拍拍他的肩,就像安慰一个刚失恋的兄弟,"也不是什么大事,拘留十五天就是。"说着他放在张K后颈上的手陡然一使劲,押得张K往前跟跄了几步,就这样三人去了拘留房。瘦弱者走在他们后面不再说话,但张K总觉得是他在押着自己和强壮者两人。

· 04 ·

张K的牢房里关了二十几个人,大多都在中间的空地上挨个盘腿坐着,能靠墙角坐的都长相凶狠,一个块头最大的不仅靠着墙边,甚至还偃卧了下来,一手撑着脑袋,另一只手在掏自己的裤裆。天花板的一角,电风扇嘎吱嘎吱地转着脑袋,但风吹过一半就散了。

他们像欢迎凯旋士兵一样欢迎张K的到来。

"说说你是怎么到这的吧。"一个左眼缠着纱布的人背靠墙角说。

"我误伤了空气。"张K说着在中间挤出一小块地方坐下。

"噢,又一个误伤了空气的。"独眼龙用眼神代替手指在中间某几个人的背上戳点了一圈说,"这很常见,朋友,那些人也一样。十五天后你就可以离开了，运气好的话，或者你有真正的朋友的话，甚至可以更快。"

"真正的朋友？"

"在外面，我是指，真正的朋友不会袖手旁观。"

张K明白了他的意思是指行贿，便拍了拍自己膝盖上的灰不再搭理他。但独眼龙似乎以为他没听懂，便大声叫道："就是给看守塞钱！非要我讲那么明白！"

卧在墙角那个最大块头的人喷了一声，斥向独眼龙："行了，快闭嘴吧傻瓜！你最明白。"

其余几个靠墙的人纷纷笑了起来，独眼龙有些赧，气急败坏之下踢了眼前一个人的屁股："你笑什么！"

"我没笑呀。"被踢那人青着脸怯生生地说道。

"你的肺在笑！"这么说着，独眼龙又踢了他一屁股。靠墙的人们又轰地笑出了声。

"喂，新来的，"大块头冲着张K说，"你是做什么的？"

"写歌的。"

"哦，艺术家。"

"是艺术家呢！"众人听到张K的职业一下又来了兴致，齐刷刷的目光踩在他脸上好像忽然被允许公开参观博物馆。

"都写过什么？唱个来听听。"大块头说。

张K的脸嗖的热了起来，凸起的血管把他的脸分割成一张张殷红的碎片，铁紫的空气在喉咙口凝积成块，他呼吸困难，感到小腹一阵酸胀。他想拒绝，却没有这个胆量，只好沉默着大喘气。

"你最好还是唱一首，"独眼龙嘴歪向一边笑着说，"不然这十五天不太好过。"

"唱一首，唱一首。"这些衣衫褴褛、散发泥沼般臭气的男人们起哄起来。他们甚至击起了掌，面对面欢笑，仿佛全部得到了大赦。

张K轻声唱了，那声音断断续续仿佛干裂的泥土扑扑簌簌落到地上。响一点！大块头说。张K便响了一些。再响点！大块头叫道。张K抬起头，闭紧眼，毫无顾忌地纵声唱了起来，他一边唱一边哭。他一边哭靠墙的人们一边笑。靠墙的人们一笑，中间那些人也跟着战战兢兢地笑起来。直到看守闻声而至，大喝了一声，一切才都停止。待他走去，人们又变本加厉地笑起来。张K青着眼剜向自己交叉的脚踝，羞愤使泪水在刹那间干涸，电风扇在天上仿佛也正嘲笑他。看守又来了，这次还带来了午餐。二十只菜包子，放在一张不锈钢餐盘上。靠墙的一人拿了两只，大块头把剩下的包子连餐盘都端到自己面前，一只一只向空中抛去，中间的人们便如家禽般哄抢，牢房一时间乱作一团。张K抬起头，正愣着神，一只白花花的包子落进了自己怀里。

"艺术家不能饿死，"大块头看着他说，"以后你只管唱歌，包子有你的一份。"

· 05 ·

张 K 本想着耍些计谋报复这群下三滥，但他思来想去，没有找到办法，毕竟寡不敌众，便只能每日给他们唱歌，唱着唱着，竟也相熟了起来。一个靠着墙角的人到了时间出去以后，大块头甚至让张 K 过去顶替他的位置。他每顿能得到两个包子了。也许是因为无所事事，这些家伙对音乐人的好奇心比常人还强烈，他们从灵感来源一直问到音乐理论，有时竟能把张 K 也问得哑口无言。你也只是个半吊子嘛！他们笑着说。张 K 也笑笑，觉得也许真是这么回事。他便时不时哼一些自己编的旋律，那些人就大大咧咧地评头论足起来。

这个好听！

这个不行，像死人在吐骨头。

这他妈的就是艺术家。

你就是我们的孟阙啊。

你就是我们的孟阙。

你们也认识孟阙？张 K 觉得很意外，因为孟阙爆红的那一夜，这些人还全在拘留房里。

"不要小看我们。"大块头说，"也不要小看孟阙。"

（大块头叫刘 M，根据他的说法，是被陷害了来到这里。他和女友同居了两年，某一天的早晨，女朋友出门上班以后，"黄狗"闯入家中将他带走，理由是欺辱了女朋友。可是她是我女朋友呀！他说。即便如此，只要违反当事人的意愿，一样构成罪行。我们好了三年了，刘 M 说。没有办法，当事人声称自己被欺辱，并且在身上确实找到了你的残留物，人证物证俱在，只能逮捕。她没有挣扎，我们昨晚都好得很，亲密得像两头野兽，刘 M 说。毕竟她知道反抗也无济于事，"黄狗"说。这么说就凭她一面之词？刘 M 问道。也许凭她不爱你了，"黄狗"斩钉截铁地说道。不爱我确实是个好理由，在任何时候都至高无上。孟阙式的理由。）

"那么"张 K 说，"孟阙究竟是谁？"

牢房冰天雪般地安静了，没几秒大家又哄笑起来。

"他居然不认识孟阙。"

"一个艺术家，却不认识孟阙。"

独眼龙那只被绷带盖住的左眼濡湿了一小圈白，他笑出眼泪了："告诉你吧，孟阙是一头能拉出金子的老虎。"

"明明是一把只能射向自己的水枪。"

"不不不，那可不是水，正宗孟阙用的是尿。"

众人笑。

刘 M 清了清嗓子："别寻他开心了。"他转而脸朝张 K 问道，"艺术家，你当真不认识孟阙？"

"不认识,"他说,"问过很多人,说法千奇百怪。但谁也没见过。你们难道真有谁见过孟阙吗?"

大家都不作声了。

"我见过。"独眼龙开口道:"他是我朋友,是个德国人。他用蹩脚的中文向我买烟,是个诗人。他说他快活不下去了,问我要一个中文名,我听了听他的德语名,根据发音给他起了'孟阙'的名字,并写在纸上送给了他。他看了好一会,笑了笑,看上去很满意。后来我在街上听到鸣笛声,以为'黄狗'来了,便收起东西要走,这才发现那是辆救护车。车刚停下没多久,那个德国人就从酒吧被抬了出来,身边几个朋友对着他用德语说些什么,听上去像在念诗。"(他来到这里的原因是有一天在参加偶像见面会的时候左眼上的纱布掉了下来,漏出了又枯又黑的大窟窿,引起了尖叫、恐慌和偶像的跌倒,并令不少人想起了回忆中那些不愿提起的往事。)

"可是据我所知,他是个金融大亨。"另一个人说道,"那天看守们聊天时提到的。"

"我的律师告诉我他是个杀手。"又有人说,"专杀多情种。"

"也不矛盾,"他们说,"金融大亨不能杀人吗?"

"既然这样,不如我们亲自问问孟阙。"刘 M 说,"我们出去以后,把所有叫孟阙的都找一遍,一个个盘问他们这到底是怎么一回事。虽然实际上这根本没有意义，不过就当是报答我们这个可怜的艺术家。"

"有情有义，"独眼龙说，"有情有义。"后一句仿佛也是在对自己说。

"我找过了，"张K说，"但网上的资源实在有限，怎么也看不出头绪。"

"这种事情靠网络是行不通的，"独眼龙歪嘴一笑，"关键是人！人才是一切的根本。人找人，人再找人，哪怕是孙悟空的墓都能给掘出来。你知道我们这一行，别的本事没有，就是乱七八糟认识的人多，找几个孟阙不成问题。"

"你可知道这世上总共有多少人？"张K说。

"这你倒是可以相信他，"刘M说，"这家伙在底下混了这么久，总该有些能耐。"

"人再多，每个地方也都有人抽烟。"独眼龙眯眼斜笑，绷带下的眼窝便凸凸地向外颤。

这么便成了？张K一时有些难以置信。但他想起自己的挚友和知识机器人的话，难以置信。他觉得自己有些搞不清楚状况了，好像无论怎么做都不是个东西，无论怎么解决都充满漏洞。他成了一道裂缝，他想，毋宁说他如此感受着，感受竖立在身侧的高耸的黑悬崖，注视着老鼠尾巴那么细的天空里横穿而过的秃鹰，但他没有下落更没有着地，因为他就是裂缝本身，深不见底，令自己都颤栗。但转瞬之间，刘

M们的笑声又把他攫了回来。他们盘算各自出去的时间,把联系方式记在纸上,约好全都出去以后便碰头。

· 06 ·

张K是最后一个出去的。他本来没有把这件事放在心上,可是没想到回到家第二天,电话就响起了。他们在刘M的家里重新聚首,算上张K总共有四个人,除了刘M和独眼龙外,还有一个看上去没什么精神的人,张K觉得眼熟,却到底还是没想起来他在拘留房里是坐在中间还是靠在墙边。

刘M对张K说,这段时间他们已经联系到了七个孟阙,但除了撇清自己和真正孟阙的关系以外都守口如瓶,态度好点的会和你绕点弯子,跟你说说那个孟阙有多乐观、多么富有勇气,态度不好的就索性不再答复或者破口大骂和反唇相讥。大家似乎出于某种芥蒂或者公认的行规而不愿在此事上深入讨论。

"其实大家心里都有数,但你知道我们没什么文化,心里知道和能够表达之间差了十万八千里。"刘M说。

"也许你们谈论的根本就不是同一个人。"张K说。

"那不可能,"独眼龙说,"那个德国人就摆在那里。"

"是啊，"那个没精神的人附和道，"不是同一个人，就不可能谁都认识。很简单的常识。"

"也许那根本就不是人？"张K此时才意识到自己骨子里已经不相信真的存在这么一个人了，"也许就是个新流行的词语。"

"你他娘的，"独眼龙不耐烦地喊道，"艺术家就是想太多。"

"这样吧，"刘M从刚才起就一直在沉思什么，现在终于开口了，"我们帮人帮到底。既然劈头盖脸地问人家不起作用，不如把这些孟阙叫到一起，大家喝个酒，玩个骰子，酒过三巡，什么都能讲清楚了。艺术家，要是这还不行那我可就真没法子了。"

"酒文化，"独眼龙说，"这就是酒文化。没有酒什么都谈不成。"

"我觉得是个好主意。"没精神的人说，"哪怕就当是庆祝我们重获自由。"

"不要瞎说，"独眼龙说，"从来就没有什么自由。不过庆祝些什么总是开心的。"

张K一言不发，他疑心这么做是不是真的有效，不过转念一想，他已经很久没有和谁畅饮过了。

· 07 ·

那天晚上，他们化名为四个孟阙，找到了另外二十四个孟阙（联系的孟阙大约有七十几个，但是答应并真正前来的只有这二十四个。"能找一点是一点，"独眼龙说，"总比没有好。"），以"孟阙主题派对"的名义邀请他们一同参加。这二十八个真真假假的孟阙在一家酒吧包了一间最大的包厢，开了五十瓶香槟酒，开怀畅饮、纵情嬉戏，大口大口地抽烟。他清醒的时候还记得自己曾一个个定睛观看每个到场的孟阙，其中包括那个小说家（竟是个女人，而且长相还不赖，作为小说家来讲，完全可以当成"美女作家"宣传了）和婚恋节目的女嘉宾（比起小说家来，似乎没有想象中那么漂亮，也许是期待太高的缘故。客观地讲——张K努力以客观的视角比较这两个人，好像还是女嘉宾更动人一些，她的皮肤更光滑）。独眼龙把德国人进救护车的照片设置成了手机锁屏壁纸，竖在桌子的一角，他说这种时刻不能少了这位朋友，况且说不准一会儿他在上面高兴了也会跳出来告诉我们些事情。听他这么一讲，张K就在网上找到了那个自杀的占星师的照片，也设成了手机锁屏壁纸竖在德国人旁边。另外，到场的人里真的有个金融大亨，不过不知道是不是在拘留房里听说过的那位。

张 K 记得自己尝试过从这些孟阙的口中问出些什么，不过没有留下什么深刻的印象，有几次甚至还被陷入狂欢的独眼龙打断。他看见刘 M 也在和谁悄悄说话，于是他趁刘 M 离座上厕所的时候跟了过去，问他是不是有什么发现。"那个金融大亨快醉了，"他说，"很快就能让他埋单了。"

张 K 醒来的时候是在家里的床上，他起先以为自己是做了一个漫长的噩梦，但很快就发现并不是那样，因为自己的身上满是酒气，皮肤干裂就像吐过了十几次后的样子。他分不清楚自己残留的意识里有多少是真正发生的而有多少是睡着以后梦见的，一些欢愉的快感和女人肌肤的触感还停留在腿间。他记得就在和刘 M 说完话后没多久，想象和现实之间的缝隙就被弥补了，它们仿佛是 DNA 双螺旋结构那样缠绕着在时间之河里穿梭。每个人都扭曲了，连德国人都在房间中央跳起了舞蹈。所有人都跳起了舞蹈，香槟酒瓶也跳了起来。他记得自己开始寻找女嘉宾和小说家的踪迹，在场还有别的女人（当然也是叫孟阙），但他最在意的还是那两个。忽然间，也可能过了很久，一切都黑了下来，音乐还在，人声还在（大家都在呼唤着孟阙，谁也不知道是在叫谁，可好像也没人在意），只是眼前陷入了黑暗。接着人们就拥抱在了一起，二十八个孟阙，外加德国人和占星师，有的两两相拥，有的三四个抱在一起，接着舞伴就又换了一个或者换了一批，用奇怪的姿势抽着烟，说着话，张 K 一定问过：你们说的孟阙到底是谁，并且最终知道了答案，他大吃一惊，但醒来后却忘了。因为后来谁都不说话了，刘 M 说这叫做"沉默游戏"，在他喊停之前谁都不能说话。于是张 K 就听到了身边人们低语的声音，敲打的声音，身体撞上什么的声音。他自己呢？他和谁在一起？他记不清了，他希望是小说家或者女嘉宾，但他记不清了，但他确信自己度过了欢乐的一晚。这并非出于记忆而是一种对自己身体的了解，这是一副欢乐过后才会产生的身体。接着他就从床上醒来了。他没有听到刘 M 喊停。

分手的时候应该还走丢了几个孟阙，但是没人能找到，因为大喊孟阙的时候谁都不知道那是在叫自己。

张 K 起床喝了点水，然后在窗口看着楼下一辆车在艰难地停进一个狭窄的车位里，停了足有二十分钟，最后还是蹭到了旁车的后视镜，然后匆匆忙忙地开走了。张 K 又等了一会，那辆车没有回来。他又仔细地回忆了一番昨夜的情景，想记起他听到的最终答案究竟是什么，但是没有成功。头脑昏昏沉沉的，还听得到欢笑声。

"昨天有什么定论吗？"他打电话问刘 M。

"别开玩笑了，"他说，"昨天你过得不开心吗？"

"我记不得了。"

"那就是开心。"刘 M 说。

"孟阙式的开心。"张 K 喃喃道。

"你看，你找到答案了。你甚至都学会运用了。"

"那么，孟阙究竟是谁？"

"如果你能记得，你就不会这么问了。"刘 M 说，"昨天一切都讲得清清楚楚，你也在场不是吗？但现在要靠我说可真是难倒我了。"

"好吧。"他挂了电话，然后发现自己竟流泪了。他比自己想象中难过，可没过多久，他又笑起来，那种发现伤口有愈合迹象时的微笑。他把自己在家里关了三天或者更久，他自己也分不清楚，因为那是昼夜混乱的日子，叫外卖、睡觉、沉思；叫外卖、回忆、感伤；叫外卖……日月都改变不了他的作息。那晚绵长的欢乐依然没有散去，但是一旦不去想它，心就感到空虚，仿佛没有了心。后来，他终于不再想要知道孟阙是谁了，但他感觉这是一个很棒的热点，于是写了一首《寻找孟阙》的歌发到网上，希望可以流行开来。

然而底下为数不多的评论却再一次令他摸不着头脑。网友们都说他老土，说他吃屎都赶不上热的。他这才发现，在他还没搞明白一切是怎么回事的时候，人们都已经快忘记孟阙了。

附：

《寻找孟阙》

作曲：张K

作词：张K

先下雨再有乌云
先有名字再有人
我踏上知道结果的旅程
这结果却没有原因

你是个杀手却带来快乐
你有钱都花哪了
我问你你总跟我瞎扯
我不问却紧紧相拥着

孟阙　孟阙
你是珍珠还是贝壳
孟阙　孟阙
每个人都懂得
孟阙　孟阙
现在我明白了一切
孟阙　孟阙

杀死我只需一夜
你问我找没找到他
我说这到底重要吗

一场平凡无奇的争吵

· 01 ·

那是在和女友同居了一年后的某一个周末,我们听隔壁房间的情侣吵架听了一个多小时。

准确说来,那也不是隔壁。我们的房间在走廊的尽头,在风水上叫做"穿心煞",我不信这个,但女友信,考虑到地段和价格的因素,我们还是住了进来,只是在她的强烈要求下,在门后挂了个大如飞碟的血红的中国结。吵架的房间就在这条走廊上,大约和我们相隔两到三个房间,也许更多。那天我和女友睡到下午才睁眼,窗帘透光,墙透风,门透声,三位一体,即便无人吵架,也可以轻松地唤醒任何疲惫的人。

我们不是被吵架声吵醒的,当我们睁眼的时候,一切还很安静。女友从我身边的床头柜上把手机从充电器上拔了下来，像往常一样蜷在被窝里刷着朋友圈或者微博，大约二十分钟或更久后，我醒了。我看了看时间，下午两点四十，开始思考今天该如何安排，也许可以看一场电影，然后在附近吃个火锅或者热气羊肉，这样算上来回的车程，回到家差不多八九点，一天的时间到了这里，就会突然加速，不知不觉地过去，不用苦心安排。墙体发出隔壁房间——是真正意义上的隔壁房间——使用热水器的声音，这很少见，因为很少有人和我们一样直到这个时间才起床刷牙或洗澡。也许是洗衣服，我想，没过几秒我就否定了这个想法，每个房间都有滚筒洗衣机，虽然那玩意儿运行起来感觉楼都快塌了，但毕竟一次都没有塌过，所有人（包括我们，应该还有公寓管理员）都在坚定不移地使用着。女友像是第一次住进来似的问道这是什么声音。我说，隔壁用热水器的声音，随即为她居然意识到我已经醒来而感到惊讶。我问她有没有什么想看的电影。我都行，她说。那晚上有没有什么想吃的东西。她翻了个身朝向我，说，寿司。她想吃冷的东西，尽管天已经够冷了。我说，那我找找，于是在手机上打开了大众点评。其实我们都饿了，在思考晚上吃什么前，或许更应该思考起床后吃些什么垫垫肚子。家里可以充饥的东西已经所剩无几，超市就在楼下，因此也无需刻意思考，随时去就行。但这个顾虑还是给我寻找餐厅的时候带来了一些生涩的阻碍，好像高速公路的路面上某辆货车洒下木条或麻袋。

　　吵架声是在这个时候传来的,也可能是在我思考热气羊肉的时候就开始了,只是现在才注意到。那是一个女人的吼叫。这幢楼里住的女人比男人多,不知何故,将近一半的女人做着皮肉生意,应该是比较高级的那种,也就是说,要么是去高档酒吧陪酒,要么去高档酒店陪客户,绝非按摩技师之流,因为她们穿得并不明目张胆,乍看之下甚至有点优雅。我的一个朋友有个老相好就住在这,直到听他说起我才明白原来这些人都是干这行的。久而久之,我已经能熟练分辨。刚同居那一会儿,女友问我如果不认识她,会不会以为她也是那伙人之一。我笑了笑说会的。可现在我不确定了,我发现自己喜欢多看她们几眼,因为她们拥有这种神秘的本事。不过女友后来也没有再问过这个问题。

　　那个吵架的女人应当不是干这行的,那声吼叫中听不出风尘气,只有歇斯底里的疯狂。她应该是在说什么,一个不超过五个字的短句,很浑浊,传到我们耳朵里的时候像裹着被子。我和女友被这声吼叫震慑住,纷纷停下手中的事,朝着门口观望了几秒。新的声音再度传来,这一次的句子长了一些,但仍是听不清。从这一声中,我们判断出了两件事,一是确实有人在吵架,二是案发地点就在门口走廊中段的某个房间。走廊没有地毯,声音传播通畅,我估计至少半层楼的住户都和我们做出了一样的判断。一个男人从同样的地方嘟囔了几句,像是在解释什么,与其说是男人,不如说是一段低沉的声波,但似乎声波传输到一半,又被女人的叫声打断,这一次的叫声带着哭腔,而且内容明显更丰富了,像是在有理有据地反驳男人的谬论,也像是在哭诉自己这些年过得有多辛苦。这种艰辛的猜测显然让女友很苦恼,同时也激发了她的好奇心,她放下手机,从我身上跨过去走下床,点了一根烟,连拖鞋也不穿地走到门边,一只手撩起中国结,一只手拿着烟,把耳朵贴在门上。我没有戴眼镜,只能看得清她面朝我做了个表情,我猜那是个不怀好意的微笑,于是也报以同样的笑容。我觉得很不自在,因此几秒之后就又不笑了。不是每个人都适合所有的表情。我希望她没有看清我。我意识到灯也没有开,仿佛开灯的声音会打断那对(大概是)情侣吵架的进程,只有阳光透过薄薄的灰色窗帘若有若无地勾勒出局促的家具格局。

　　女友抽烟的这段时间里,世界安静了,好像什么都没发生过。她失望地放下了中国结,把烟头放到水斗下浇熄,一记响亮的撞击声从走廊中迸裂开来。他们开始扔起了家具,把木桌或者木椅纷纷往门上砸,也许还有别的东西,台灯、遥控器、电磁炉、护肤品、电脑、鞋子、垃圾桶、游戏手柄、电池、衣架、矿泉水瓶、手机、三百页以上的书本、剪刀、球,总之不是杯子或者酒瓶之类的东西,因为始终没有听到玻璃碎裂的清脆响声。后来,我也从床上坐了起来,披了件外套，看着女友，和女友身后的门，门后的走廊，步行十米，右侧，我想象着一扇千疮百孔、崎岖嶙峋的门，在那里还发生了肢体接触，我们听到身体撞门的声音。也许是两人在格斗，也许是男人在把女人摁在门上，阻止她进一步破坏世界。女人哭喊，男人的声音夹杂其中，没有哭，也没有透出凶狠的语气。我们于是知道，男人站在了道德的洼地。女友又做了个表情，我戴上眼镜，发现那是在看杂技演员从二十米高空跳落的神情。门开了，不知道是不是他们的门，总之门开了，不止一扇，开了又关。有一阵子女人的声音变得清澈了一些，我们终于听清她说：你给我滚。然后门被重重地关上，声音回到了锅炉里，过了一会儿，门几乎是被一把扯开，女人像是牙牙学语的婴儿那样含糊不清地哀叫着什么，这一次门关上后，我们听到走向电梯的脚步声，女人的鞋子，它消失在走廊尽头的电梯口，接着被遥远的抽泣声代替。

女友一边走回床上，一边说：吵得很厉害。

她还是没有开灯，看样子似乎还想在床上躺一会儿，带着那对刚刚踩过地面的赤裸脚底。

我听到了，我说。

你说是为什么呢？

多半是男人出轨了吧。

天天住在一起也会出轨吗？

可能女的是偶尔查岗。

有道理。

她钻进床里继续打开手机。

还想听他们吵,她说。

· 02 ·

我提议下楼去超市买点东西吃,然后我们就可以洗漱出门看电影了。她对此不置可否,只是想到可以让我路过那个房间时看看里面的情况,才表示了赞同。你可以穿上衣服跟我一起下去,我说。但她收紧了被子,说,你回来告诉我就好。我从衣柜里拿出羽绒服和运动棉裤穿上(衣柜大部分都挂着她昂贵的大衣、羊毛衫和羽绒服,都是她拿父亲的钱买的,我的衣服只有那么几件,因此很容易就能找到),带着手机便出了门。显而易见走廊上只有一间住着情侣,那扇门的外墙边放着鞋柜,两层男鞋,三层女鞋,但这不是吵架的房间,因为在我回来的时候,那对情侣手牵着手从里面出来,一副正要去提前一周预订好的餐厅的模样,除此之外,走廊静悄悄的,嫌疑范围内的房门每一扇都一样,严严实实、安然无恙地紧闭着,全然出乎我之前对它凹凸不平的想象。在去超市的路上,我也没有见到像是刚刚大哭过的女人,甚至连女人都没遇到,也许是因为她们还没开始上班。

天是铅灰色的,像诗人等待灵感那样地憋一场雨。保安坐在公寓门口抽烟,身上的棉袄像一只家境优渥的老鼠。我问他刚才有没有一个气冲冲的女人出来,他摇了摇头:有女人,但看不出是不是在生气。也许我该用伤心这个词,但是气氛已经不适合再问一遍。

我在超市买了一杯关东煮,两袋饼干,一罐薯片,两包抽取式卫生纸,在回去的时候,与那对准备去餐厅的情侣擦肩而过后,我听到了熟悉的声音。那个声音来自不远处的一间房间,我在那里停下,确认了这正是吵架的房间。他们正在低声交谈,好像在从头理清事情的来龙去脉,又好像在讨论一道数学题的最优解。女人听上去恢复了冷静,不断发出新的、充满见地的质问(以相当平和的语气),时而也会发表对这件事情的看法和解决方案。男人娓娓道来地讲故事,多短句,四平八稳,带着于事无补的歉意或悔意。他们一边说话一边移动,至少有一个人在移动,踱步,扶墙,沉思,又踱步回去,听上去是这样,实际也许还喝了一杯酒,捡起刚被摔坏的家具,或者短暂地拥抱了一下。我抬头看了看天花板的摄像头,意识到大概有人在像我偷听别人吵架一样偷窥我,这时我想到了另外一种可能性:某个(他们共同认识的)第三者来到了他们的房间,并在其中斡旋和调解,目前是在了解事情经过的阶段,因此那个神秘的调解员还没有发表自己的看法。我又在门口伫立了一会,直到电梯声响,有人从里面出来，我才走回自己的房间。截至那刻，调解员依然保持着深思熟虑的沉默。

吵架似乎结束了，我对女友说。

她坐在椅子上一边抽烟一边看抖音的短视频。热水器的加热灯红通通地亮着，这意味着她为正式起床做出了实质性的行动。每天早上她都要洗澡，为了这个没有太多科学道理的习惯，她起初坚持彻夜开着热水器，把满箱的凉水用无辜的金钱加热。后来经过漫长的妥协，她同意在周末的夜晚关上，第二天醒来再开，但工作日不行，因为等水烧开要一个小时，而她每天八点就要出门。在很长一段时间里，我夜夜梦见热水器爆炸的场景，并误以为醒来以后的虚惊一场就是爱情的真谛。

是的，女友说，那个女人回来了。

就在她这么说的时候，我还能听到那两人在房间里的低语，好像一路跟在我后面平静地争执，密密麻麻，影影绰绰，像灯光下的香水一样颗粒分明地在空气中铺匀，我开灯、刷牙、洗脸、拉开窗帘、整理被子的时候，它们始终都在。就这样不知道过了多久，大概是三四十分钟的样子，女友已经在她那海盗仓库般的衣柜里寻找稍后要换的衣服准备洗澡了，我们又听见了那个女人久违的哀嚎声，它是那样具有穿透力，以至于每一次响起时都能令我和女友肃然起敬地望向门边。我把刚才在他们门外听到的、或者自以为听到的事情告诉女友。她说，应该是又抖出了了不起的新秘密。

我不这么觉得，我说，这只说明她现在已经得到了足够的休息。

女人的声音苍白、无助，一声高比一声，在重复着什么，听不清。我怀疑即便我就在她身边我还是听不清。比起第一次来，这一回她听上去更有决心，更不自然。男人的声音比刚才响，他说，这不是我们来到这里的理由。但女友说她听到的是，这不是我所认识的女友。并且她坚持认为她是对的，还为这句话补全了所有的故事剧情。接着声音又隐没下去了，没过几分钟分贝再度提高，如新的浪潮高高卷来，就是这种模式的吵架，波峰型吵架。这么着，沉默的时间也浸入了喧嚣，从某种意义上又变成了持续性的吵架。不知从哪一刻开始，女人的哀号声中渐渐混入了铁器敲击的声音，像是落水管（但房间里没有落水管），也像是电贝司，节奏规律，敲三下停一秒，又敲三下，和女人嚎叫的频率完全不衬，毋庸置疑是最不和谐的组合，我们由此认定这铁器并非由女人所敲，而是来自他们隔壁房间中某个不堪其扰的（也许是）备考的大学生或刚刚失业的唱片销售员。女人凶残地回应了一句"别吵了"或者"别敲了"，那个声音就停止了。所有声音都停止了。这一回连开门的人都没。这寂静来的太突然，显得极为不合时宜，让人难以置信世上还存在着寂静。

我们又凝神倾听了半分钟，确认一切都结束了之后，女友便脱去睡衣，进浴室洗澡了。她说，不要惹女人生气。我点点头。然后在她洗澡的时候，我打开了手机。删除了一些人的联系方式，而对另一些人，只是删除了聊天记录。其间我想了很多事，有发生过的，有还没发生的，大部分也不是第一次想了，日日夜夜地想着，每次都觉得自己的心情很出乎自己的意料。是这种意外发人深省。

· 03 ·

我们最终出门的时候已是傍晚五点二十分，或者六点二十分，总之夜晚已经掀开了一角。我们在吵架的房间门口停留了一会，听见里面有女人千回百转、连绵不绝的呜咽声。什么事情能让人悲伤这么久？这个疑问让我确信，她是将男人杀死了。我对女友说，就是用铁器敲的，往头上敲了三下，停了一秒，又三下。隔壁的女人叫道：别吵了，或者别敲了。她就住手了。

女友低头看看门缝。

没有血迹，她说。

你就当有吧，在你看不见的地方。

隐疾

· 01 ·

我想,事情到了这一步,一定是有什么地方出了问题。这个有问题的东西,怎么想也该和我有关。但是我敢肯定,在它刚开始的时候,我是一点儿错都没有的。毕竟,一个男人嚎啕大哭,也许很可耻,但绝不至于是个错误。

大年初三的下午,我来到启东市天汾镇的一座别墅前,卖家就住在这里。上世纪70年代,天汾这个地方出了个大商人,卖五金用品发了财,从那以后,无数天汾人趁这机会做起了同样的生意,终于把"天汾小五金"打造成全国闻名的招牌,类似"老北京烤鸭"或者"景德镇瓷器"。这回的卖家,正是其中一位,年逾五十,事业有成,业务范围早已脱离启东,迈向了全国各地,自己常年住在北京,只有春节才回家一趟。我暗自猜测，他一定不止有一个家。虽然这和我无关，但对有钱人的那码子事进行一些喜闻乐见的想象，有助于我在工作中寻找乐趣，获得干劲。五金老板开一辆2012年款的保时捷911，蜥蜴绿，9万公里，没发生过重大事故，也就是说，水箱、发动机和玻璃都是原装，补过四个面的原厂漆，换过两次远光灯，全车无改装。我之所以对此了解得这么细致，是因为它才是我此行的目的。它现在正停在别墅后方的露天停车棚里，被一旁崭新的特斯拉和宾利慕尚衬得既落魄又轻浮，难怪要卖掉。已经凋敝的紫藤花依然用它的枯枝紧紧缠绕棚顶的木梁，筛得夕照只剩一条条阴影凌乱纵横地盖到车上。这三辆车于是变成埋伏中的游击队，随时准备给你来一枪。等他的时间里，我绕着保时捷走了几圈，看看轮胎、车架号，心里祈祷这一回最好是成功。别墅的后门打开时，我正拿着划痕检测仪在车身表面各处滑来滑去，仿佛熨烫一件我永远也买不起的衣服。

我抬头望去，一个穿着棕色皮夹克的男人走了出来，个子不高，寸头，苍鬓。江总？我停下手里的活，赶忙上前握手，新春快乐呀。新春快乐新春快乐，他象征性地握手说，不好意思胡先生，让你久等了，你冷不冷？他不紧不慢的语气似乎在提醒我，不要把寒暄误会成了关心。没事没事，我说，那我先检查下车子？请请，他客气地说。

检查很快就结束了，毕竟我已经干了九年，一个女人需要用几秒分辨另一个女人是不是狐狸精，我就能够用一半的时间看穿一辆车所有的过去。江总没有骗人，确实是辆好车，没有出过任何大事故。我想，好运总该到我身上来一回了。车子很好，我盖上引擎盖，拍拍手说，那么，我们就像电话里谈好的那样，签合同了？一边说着，我已经从包里掏出了两份合同。江总接过其中一份，眯眼看了起来。我一如既往地解释其中关键的几条，江总频频点头。

签完合同以后，钱款今晚就到，全款，然后明天一早咱去车管所过个户，我开走，您回家，一切搞定。您放心，这个价格绝对超过同行。怎么样，江总？

江总的点头渐渐止息了，但脸上还是挂着和蔼的微笑。他说，卖车是件大事，你让我回去研究研究合同，研究透了，明天早上签，可以吗，胡先生？

不知道您还有什么地方不满意呢，江总？

江总的嘴角迅速地向下撇了撇，神色有些做老板的样子了，可能做老板的人听到任何回话都认为是顶嘴。他一只手裹紧衣襟说，我就是想研究一下，凡事都要三思而后行，不对吗？

我还想劝，后门又开了，一个小孩探出脑袋，从身后的暖黄色客厅灯光里奶声奶气地挤出来三个字：饭好了。我头一歪，天不知在什么时候暗下来了，三个游击队士兵的行迹开始和周围混为一谈，耳边传来大约是保姆或妻子摆弄餐碟的声音。江总柔声让小孩回去,接着面向我,还未等他开口我就咧开嘴说:那好,明天早上咱车管所见吧,不打扰您了,江总!

第一次用笑脸回应拒绝的时候,我当然浑身不舒服。可是一旦尝过了这种笑容的好处,我就再也不抗拒自己的这种面目了。笑多好呀,利人利己。我虽然笑,但并不傻,我知道,一般这种需要"再考虑"的客户,最后都没有考虑到我们这里。这种人在近一个月里特别多,我希望江总是个例外,虽然他看起来并不适合给人惊喜。

墨菲定律怎么说的来着,你怕什么,就来什么。第二天一早,我在车管所门口等了半天,一个电话过去,江总告诉我他不卖了。我问为什么,他说他个人的原因。我接着猜,是嫌价格太低吗?价格太低我们还可以谈的。我知道我这样有点儿烦,但工作经验告诉我,不这么烦人我一笔生意都做不成。江总的嘴角大概又向下撇了,他说,总之就是不卖了,让你白跑一趟,不好意思。我还想说什么,他挂电话了,一点都没有不好意思的样子。

在过去的九年里,这种事几乎每天都在发生。有的人在电话里就回绝了我,有的人"考虑"过后决定不卖了,理由也是各种各样,有突然发了横财不需要现金流的,有觉得我们要得太急怕其中有诈的,江总这种完全摸不透的也不在少数。也许有的人就是喜欢别人摸不透自己的感觉。时间久了，我也懒得去摸，一个人卖久了螺丝刀，忽然卖车，自然会有些不习惯。我原谅江总，也理解江总。人人都有难言之隐。

我像来时一样，坐上了长途汽车，开始继续寻找车源，通过电话、朋友、网站……一切渠道，一个个打电话去问。不用说，都拒绝了。我闭上眼，准备睡一会，忽然感到了手机的振动，急急掏出一瞧，心又掉了下去。

小胡，那个蜥蜴绿的911，你这边搞定了吗？

客户不卖了，我说，他还是想留着自己用。

意思是你又白跑一趟？

对不起，岳哥，你也知道，收车也不能每次都成。

岳哥是我们车行老板，但他命令我们叫他岳哥，觉得这样可以打成一片。他不喜欢那些正儿八经的做派，所以认识了挺多不那么正儿八经的人，黑的白的灰的红的，气球一样。那些人在他的二手车行事业中起过不少作用。

岳哥继续问我，小胡，你这个月收多少车了？

我说，最近有点儿背。

岳哥在电话那头叹了一声，也可能吐了口烟，接着说，回店里后来我办公室一趟。

好的岳哥，新春快乐。

· 02 ·

车行在上海郊区一块荒凉到连绿化也拯救不了的地方。虽是郊区，但并非农村，主干道上到底也布满商超和写字楼，仔细挑个角度望过去，可以和市区真假难分。但角度很有限，因为往北走一条马路，郊区相就露了出来，主要是建筑变疏，空间变大。宽阔，意味着不挤，不挤，意味着不够繁华。再往西去个四百米，这个特征就更明显，各个品牌的4S店、汽修厂、酒店，都大而无当地蹲坐在那，仿佛一群赶不动路的胖子。这些胖子里最显眼的一个就是二手车交易中心，就在汽修厂旁边，虽然不高，占地却极宽，跟它一比，别的胖子都是宠物。进交易中心，十几家车行连成一排，各类豪车鳞次栉比，星光熠熠，每隔几十米顶上就换个车行招牌，我们车行就是进门头一家。

打开背门，穿过走廊，进入经理室。构造简单，色调灰沉，一个穿着黑色纪梵希T恤的油头男人坐在电脑椅上，正专心致志地摆弄手里的短刀。听说岳哥家里挂满了一墙的唐刀、日本刀和舍施尔弯刀。能带来办公室把玩的，都是便宜货。虽然随身携带管制刀具是违法的，但他显然已经用他的办法解决了这个问题。一个小得不能再小的问题。

岳哥，我说。

坐吧，坐吧。岳哥没有看我，好像人一旦手中有刀，注视任何人都成了不必要。来，你说说吧，最近这是怎么回事。

工作强度是一点没下来，我说，就真是因为点背，许多人谈好了，最后关头放鸽子，我也很无奈。以前也有过，没那么密集，这一阵是凑一块了，小概率事件，很快就好。放心，岳哥。我一股脑把路上想的话全说完了。

你也算是老员工了，他把刀插进皮套放桌上，双手在腿上交叉，终于看向我说，换别人，一个月收不了车，那一定得走了。

我明白，岳哥。

你明白我的意思吧？虽然我抢先回答了，但他还是硬要问出这句话。

明白，明白。我只好又说了一遍。

你知道，我很器重你的。其他所有的收车员下了班都开着店里的豪车去泡妞了，就你从没动过，我看在眼里，知道你不简单。

谢谢岳哥，我老实人，没什么简单不简单的，胆子小罢了。

你谦虚个啥，岳哥拨高了嗓门，你现在是问题员工，我在训话呢。人家开店里的车，可能收到车啊，你收不到车，天天骑三轮车也对我没好处。

这话在理。

别跟个捧哏似的。你跟客户是不是也这么嬉皮笑脸来着？

岳哥，我没……

算了，岳哥打断我的话说，多说也没什么意思，你也不是第一天来。他顿了顿，接着说，这个月的奖金，我想你也做好心理准备了，这没办法的事，你不要怪岳哥。一个月是点背，两个月，你不能再这样吧？

不能，绝不可能，岳哥放心。

时候也不早了，你下班吧，下个月好好干，不要让岳哥失望。

我起身将走，却听岳哥拿什么东西往桌上一拍，说，对了，这个给你。

这是……？

愣着干啥，给你就拿着，大马士革钢刀，鱼骨纹。放刀架上、玻璃柜里，都行，工艺不错的。

我悻悻接过，也不敢多问，只得道谢。出门以后，躲进厕所，抽出刀来端详。刀身银白，如光如昼，刃边曲线流畅，优雅锋利，唯独刀身上的花纹却不像鱼骨，更像一圈圈旋涡，想是我太外行。我惴惴地以为岳哥不是提示我用这把刀谢罪，就是嘱咐我搞一些机密活动。只是来回看了好几遍，都不见有什么纸条或者刻字。我想我确实电影看太多了。这只是一件礼物而已。这是岳哥独特的激励员工的方式。

可这方式未免也太独特。回去路上，这把刀都在我的脑中挥之不去。如果是别的礼物也就罢了，偏偏是把刀。如果是别人送刀也就罢了，偏偏是个爱刀之人。我就知道，我永远都不能摸透上头这些人的心思。江总也好，岳哥也好，唐柯里昂也好，一个个说话都阴阳怪气，躲躲藏藏，好像谁能在一秒内明白他的用意对他来说是个莫大的耻辱。我回到家中，妻子正在读诗集。我躺到咯吱作响的床上，又气又怕。那把刀的形状愈发清晰锐利，可它与空间的关系却像个悖论。刀口既像是对着我，又像是刺向四周，时而悬于危险的中心，时而又将黑暗切割成正反统一的形状。刀身上的一团团旋涡晃晕了我的眼睛，它的重量，它的亮，它想说的话，全都分不清了。虽然我不知道岳哥此举的用意，但我相信无论是什么，他都成功了。有一只气球在不断地膨胀、收缩，刀口抵着它，不动，不响。气球一缩，表面便舒缓几分，气球一鼓，刀尖便由浅及深地陷进去，表面紧绷，弧度加剧，仿佛偏要如此，试探它的快，试探它的说一不二。就这么起伏着，终于"嘭"的一下，气球被戳成了乌有。接着我听到妻子的声音，她望向窗外，双手仍未放下书，说：大家开始迎财神了。

嘭嘭嘭，又是几声爆竹响。嘭嘭嘭嘭嘭，一声比一声吓人。

　　妻子想拉我一起看，可一转身见到我，脸就白了：你怎么哭了呀！立刻抽出纸巾朝我抱来。她不说也就罢了，她一说，一擦，我更兜不住了，把喉结舌苔甲状腺全丁零当啷地哭了出来，胸口抽成打桩机。她坐到床沿，把我埋进胸里，悠然自得地展示她的母性，像在变成一幅画。妻子大专毕业后，当了三年空乘就辞职了，说人不能这样，在空中飞来飞去，却丝毫感觉不到自由。她对自由的理解，就是可以随时待在家里，一边吃零食一边看综艺。我劝她，说，不做空乘没什么，可看综艺也不是正经事。后来她不知受了什么启发，报了一个诗歌学习班，开始学写诗。我说不是我看不起民航学校，但写诗还真不适合你们，还是找个别的事儿吧，开个淘宝店？她不理我，继续学，毕竟学费都缴了。我也只好作罢，总比看综艺好。她学得很投入，一时间读了不少诗，能让她放下诗集的事屈指可数，我的哭算一件。我们在爆竹声中度过了一个温柔而伤感的夜晚，她没有问我为什么哭。她从诗中学到了意会。

　　爆竹声停止的时候，我也停止了流泪。说来奇怪，这一哭，心里豁达了。反正第二天还得照常干活，他送我原子弹又如何。我趁妻子洗澡的时候把刀藏了起来，原先是想告诉她的，但哭过以后我觉得没必要了，家里有把刀这件事，诗人那脆弱敏感的心可未必吃得消。

· 03 ·

如果说我真有什么问题，或许就是从这个时候开始的，但心里还是不服气，因为谁都有些无伤大雅的小癖好，不能说你的癖好和很多人一样，你就是对的，而我的癖好仅我一个有，我就是犯错。这一晚之后，我感觉自身变得通透明亮了，仿佛内心长出风景，长空万里。当时不明所以，第二天却茅塞顿开：是哭的缘故。当你不经意地从蚌壳中发现了珍珠，你就永远无法离开海洋。第二天我依旧在车行里打电话、找车源，一有机会就亲自出马，谈价收车，唯一不同的是，我趁着所有人不注意，遛进厕所包间大哭了一场，哭得歇斯底里魂灵出窍，走出来的时候精神焕发力大无穷，胜过所有保健品和健美操。可还没高兴多久，我就听见同事在议论，说刚才厕所里有一个人哭天抢地，不知道发生了什么事。接着就是一系列流言蜚语，谁的媳妇跟大佬跑了，谁的爹娘生病没钱医了，谁欠了赌债再也还不清了等等。我加入进去一块聊，表现得兴味盎然，顺手还提供了几个素材。聊着聊着，一人声音低了下来，我们懂了，凑过头去，那人用气声说：搞不好是岳哥！岳哥？岳哥怎么了？那人左顾右盼了一阵，故作神秘地说：最近扫黄打黑呢嘛不是……嗨！听众还以为能听到什么劲爆消息，轻蔑地说，岳哥还怕这个？

都打几回了,他哪一次栽过?泄密那人倒是镇定,等众人数落完,才胸有成竹地说,这回不一样啦……哪里不一样?他呀……那人又看了看四周——搞了警察局长的小情人!众人哗然,引来一些目光,好在岳哥不在。我们便边走边说,装作一起去吃午饭的样子。这一走,使人冷静了不少,一人说,这不可能,岳哥不会犯这种错误。泄密者一拍大腿,恨铁不成钢似的说,你呀,猪脑子!小情人,又不是老婆,岳哥哪晓得那女人四处开花,还偏偏开了个食人花!众人恍然大悟,接着又七嘴八舌起来,有人信,有人不信,总之全都听过算过,话题又慢慢滑到别处去了。

我既信也不信,因为知道在厕所哭的人不是岳哥,所以那人的话也就打了对折。无论如何,只要我还没被辞,一切对我都无关紧要。我现在干劲十足,因为找到了珍珠。它简洁、有效、取之不竭,唯独有一点,在厕所里哭好像不妥,今天是第一次,没引起怀疑,以后可说不准。我于是针对这个问题,十分严肃地思索起来。

首先所有的厕所都被排除了,能被窥见听见的地方都不能哭得痛快,划去;其次是商场里散落的迷你KTV小包厢,似乎也不行,因为它的门是透明的,从外面可以看见,也划去;同样的道理,ATM机、大头照拍摄室里也不符合要求,那么考虑量贩式KTV包厢,环境昏暗,无人打扰,够私密了,可是要花钱。我又不爱唱歌,这就很不值,划去；同样的道理，餐厅包间、私人影院、酒店钟点房，都要花钱，否决。大街上哭？更不行。大桥底下？也不行，没有实物隔离的场所都不行。想来想去，想到家里，趁妻子洗澡的时候哭？太匆忙，提心吊胆，哭不尽兴，也不行，在家里都会遇到这个问题，所以这一块选项也都不再考虑了。

想到这里，我对着空气骂了句脏话。念天地之悠悠，怎么连一个能哭的地方都没？这时一个电话打来，问我是不是收车。我随口应着，脑壳忽然一颤：车里是个好地方。

可是我没车呀……脑壳又一颤，想起我可亲可爱的车行。

今天已经哭过了，明天再试吧。我下意识觉得，哭这件事一天最多一次，不然对身体有害。我怀疑这个意识来源于青春期时某人对我手淫的教育。但无论如何，我已经找到了最佳答案，最佳场所，今后的每一天我都能在其中尽情哭泣，想到这里我就觉得日子有了无限的盼头。有那么一瞬间我感觉自己有些变态，但仔细一想，总比手淫见得光些。手淫这俩字多脏啊，写出来我都害臊，可谁敢说自己没有过呢？哭总是要文明些的，我想。这一行干久了，生活中遇到什么事都能给我圆回来。

我抬眼望了望天空，阴沉惨淡，将雨未雨。阴天好，我对自己说，晴天使人骄躁，雨天使人颓丧，唯有阴天最恰到好处，我喜欢阴天，不骗人。

也许是看我今天心情好,妻子想让我看看她的新作。以往她也问过,但我都没答应,主要我也不懂。我跟她说,我觉得诗人就是瞎糊弄人的,什么面朝大海,春暖花开,不就成语接龙吗?我也给你来一个:胡说八道,金碧辉煌。你仔细一琢磨,是不是也能琢磨出什么来?

妻子说,你这个不押韵。

我说,总之就这个意思。总之就这个意思,我一次也没看过她写的诗,我真不懂。可她很平和,坚持认为好的诗歌是不用看懂的,是用来感受的,每一个人,都能感受。

这一首的题目叫做《羽毛》。

我看见一整头骆驼
我看不见蛮荒

俯视这世界所有的沙漠
驼峰是另一种翅膀

在时差中努力微笑
高高的心　落进
深深的网

我说,我看不懂。她说,你感受到什么了吗?我说,

"在时差中努力微笑",是说你当空乘的体会吗?她使劲挥着那写诗专用的小簿子,说,你真厉害,有慧根!我在飞机上待了三年,路过高山、海洋、湖泊、森林,可就是从没见过沙漠,我常常想,要是什么时候能俯视沙漠就好了。我说,那你题目应该叫《骆驼》,或者《沙漠》。她说,不行,只能是羽毛,羽毛和骆驼,你不觉得这两者有些联系?我说,老师上课都说了些什么?她说,寻找事物之间唯有你才能发现的联系。我说,羽毛和骆驼,就是你的研究成果?她说,很难理解吗?我走到卧室,点一支烟,打开电视,往床上一倒,说,我不知道为什么驼峰是另一种翅膀,也不知道怎么紧接着就在时差中笑了。她的长睫毛往下耷拉了一会,说,好吧,是我写得还不够好。

她这一耷拉,是真的心疼到我了。我当时爱的就是她这潮湿坚韧的睫毛,我猜一定有人曾为了这一对睫毛来来回回坐她的航班。这睫毛就是他们旅行的目的地。我一直为她感到不容易,这样的外表,人生完全有更多的选择,但她却跟了我。我又把电视关了,走到她身边,说,对不起,我不懂诗,但我愿意听你讲。她说,讲什么?我说,讲讲骆驼和羽毛之间的联系,或者老师是怎么教你们的?她想了会儿,说,说到羽毛,你想到什么?我说,鸟,凤凰,翅膀。她说,你看,翅膀就这么来了,还有呢?尽情想,不要回头,把你想到的一切都说出来。我灭了烟,凝了神,像自动飞碟机那样隔着几秒蹦出一个词来，天空，飞机，空乘，你……骆驼。不对，这不是我想的，这是刚才你的话留在我脑中的印象。她有些满足地笑了笑，说，可我写的时候就是这么回事，是上帝留在我脑中的印象。我一时说不出话，又重新读了一遍诗，抹了会儿下巴，说，能不能让我也去听一节课？

· 04 ·

这件事直到一个月之后才落实，因为我的生意好起来了。自从我养成了每天哭的好习惯，所有的繁忙都结出了果实。第一次从车行里的钥匙圈上摘下车钥匙的时候，心里还有些紧张。同事见到我说，哟，小胡，你有情况啊！我都能感觉到自己笑容的僵硬和崎岖，赶紧溜到了后门。车行的背后有一大片露天停车场，那些上不了台面的二手车就停放在这里，密密麻麻，像一队哀兵。出于安全起见，我第一次出发的时候，从这里挑了一辆不起眼的黑色福特新蒙迪欧，大盗都是从小东西偷起的。冬天黑得早，下班过后，已经如墨。我把车开到一片湖边，四周无人，湖泊寂然，偶有飞车从身后高架驶过。我便打开双跳灯，看湖面两条黄线规律闪烁，不一会儿，下眼睑涌起了泪，水位升高，实在盛不住了，就咕咚一声翻下来，途经鼻翼，形成两条暖和的细线，热水管似的烘熟了一整张脸。一触即发，纵声呜叫，嘴角向外拉扯，法令纹勒不住，哭声溢满车厢，已经淹过双跳灯。我伏到方向盘上，感受胸口震颤。尾声渐近，波动平息，耳际陆续传来双跳灯舞步般的咯哒声。一抬眼，星光粗壮，触手可及。余泪滴在袖口，乍一看竟如同袖针。擦干抹净，哭完回店，完璧归赵，心旷神怡。回家的地铁上电话无数。

培训班在写字楼的第三十四层，教室只有一个会议室这么大，十几个人围着一张长条形会议桌，人人拿着纸笔和老师发的讲义，老师坐首位，身旁一扇白板，不用幻灯片。据说这培训班就是他开的，自己做主讲人，偶尔请些圈内好友来捧个场，做做朗读会什么的。他有一副完全不像是诗人的外表，身材健硕，肩膀宽大，穿着鸽灰色西服三件套，头戴圆顶帽，塞胸巾，别袖针，皮鞋亮得像石油。帽子底下没有头发，眼睛里面却全是思绪，像从雪地里挖出了两眼泉水，秀气得丝毫不称他的身材，仿佛林黛玉的脸按在张飞的身子上。我悄声对妻子说，我还以为诗人都像乞丐那样呢。妻子把食指放在嘴唇上，我乖乖闭嘴，打开手机搜索他的名字：梁鹰。百科上没这人，也是，要真这么厉害也不至于办这么个破班。再往下看，找到些关于他的创作谈和诗摘，没等点进去，电话来了，客户的。我起身打了个抱歉的手势，就去门外了。梁老师微微颔首示意，让人感觉就算被人拿枪顶着脑门他也会是这副表情：肤白如雪，面带微笑，气若幽兰，清澈地说：请便，先生。

这桩生意又谈成了。所以我就说，人不是因为好事而快乐，而是因为快乐了，才能遇到好事。我在福特车里刚哭三天，它就被卖给了一个大学毕业生，本想再去停车场换一辆B级车，眼角瞥见大厅里一辆纯白色玛莎拉蒂总裁，正是它，不但终结了我一个月的收车荒，还开启了我一个月的收车潮，我觉得我们有缘分，就决定抓住这个缘分。我和它继续在湖边哭了几天，开始感到不满足了。和别的爱好一样，哭也需要仪式感，需要花样。于是我们离开湖边，前往铁道、农田、商城地下停车场，在每一个景点都流下几天的泪水，维持每天的心理和生理需要。我的胆子真是越来越大了，岳哥当时因为我不私用存车而高看我一眼，现在我用了，他也没什么表示，那他也有责任。收入这辆玛莎拉蒂时，岳哥笑得跟儿子上了北大似的，一个劲地夸我，说就知道我行，硬要给我些奖励。我想起那把刀，忙说不用了，但他还是塞进了我手里，是一张超市卡，我松了一口气，说，岳哥，你这个爱送员工礼物的毛病……诶！他打断我的话，说，什么员工，都是兄弟。

打开教室门的时候，十几双眼睛统统朝向我，使我觉得不好意思，开关门的动静在这里如同暴乱。我飞快地坐下，妻子拉紧我的手。梁老师正在介绍一个外国诗人，我顺了好几遍才读通，他叫做费尔南多·佩索阿，有七十几个异名，时而叫阿尔贝托·卡埃罗，时而叫坎波斯，时而还叫雷伊斯，各有自己的历史和个性。这有意思，我想，精神分裂。梁老师接着又讲到面具诗、独白诗，我想，诗歌有这么多门派和理论，光这么几节课扫盲都够呛，哪还有时间教授创作呀。听着听着，我就犯迷糊了，头一垂一垂，半梦半醒之间，听到梁老师念诗的声音："在下雨，一片寂静……在下雨，一切都不发光……在下雨……"导致我被妻子掐醒的时候第一反应是懊悔今天出门没有带伞。

还是困。我就边在手机上寻找车源，边有一句没一句地听着。梁老师终于结束了对这个精神分裂患者的介绍，开始讲授今天的写诗技巧了，我收起手机。今天要学习的是"事物与你的特殊关系"，是上一节课的延伸，也就是说，光发现事物之间的联系还不够，真正打动人的诗是你和事物之间的对决与配合，世界是"你"的世界，而非其他。在座的学生们若有所思地点点头，都是些二三四十岁的大人了，此刻却似乎忘记了生活给过他们的所有教训。他摘选了十几条诗句，说明庸俗之物如何与你突然共舞。现在我们来练习一下，他说，运用上一节课的技巧，还记得吗？我们先拿"风"做比方，你和风，见过，触过，爱过或者遗忘过，总之并不陌生，但那并不是全部，我们现在前往那空白地带，来，我们闭上眼睛。我半眯着眼，四处打量，大家都齐刷刷地合上眼，脸上似有似无地点缀着微笑。梁老师说，张开手臂，感受风，记住，不要思考，要感受，放轻松，张开毛孔去感受——风是什么样的呢？是轻而又轻的微风，还是猛烈的飓风呢？它吹动你的睫毛，还是身后的群山？不要动用理智，观察上帝留在你心中的线索，此时此刻，风的质地如何？它对你说了什么？是请求或告白吗？它从什么地方来，带着哪里的象征？是你走进了它的中心，还是它穿透了你的过去？宇宙万物，风与你缘何相遇，你因这相遇而哭泣吗？你们相处得愉快吗？……

梁老师的声音既缓，又富有弹性，柔柔地从教室里生长出来。外面有风在敲打着落地窗。我扭头从眼缝中看妻子，她的呼吸均匀和谐，面色如玉，一副入定的样子。我有些受不了，起身出门了。梁老师这回没再对着我颔首了，因为他也闭着眼，手作波浪状舞动，继续神神叨叨地呢喃着。我背对他们带上门的时候，感到无数的刺在向自己袭来，关门的声音就是致命一击。

我在写字楼底抽了几根烟，忙了会儿业务，约莫一个小时后，妻子下来了，神情似乎有些不悦，我还不悦呢。我说，下次你别来了。她说，你这样不礼貌。我说，这老家伙搞邪教呢，这就是写诗？她说，梁老师说，每个诗人寻找诗句的外在方式不尽相同，但实质是一样的。我说，这钱可真好赚，跟那些冥想、瑜伽一样，都是骗人玩意儿，你们一闭上眼睛，他的外套上就多一粒袖针。她说，你太刻薄了。以前她也老说我刻薄,没办法,我为了生存学会了伶牙俐齿,而刻薄就是伶牙俐齿的副作用。学了半天诗,她骂我的语句都一成不变。我说,你要真学会了什么,就骂我骂得新鲜点儿。她定睛看了我好半天,好像被父母偷看了日记,咬了会儿嘴唇,说:你感受到风了吗?我一跺脚,还以为蹦出什么花样呢。我感受到你疯了,我说。

回家的半道上我换乘去车行了。我觉得在这个时机撇下她一个人似乎不太好,但是我也有我每天必须要做的事。在这一刹那我忽然体谅她了,也许写诗之于她,正如哭之于我,虽然她写诗的方式有些古怪,但我哭的方式难道就常见么?我发了条消息向她道歉,没多久她就回复了:没关系的,我理解你,你去收车吧。女人的"没关系"是比客户的"让我考虑一下"更使我不想听到的话。因此这回我从车行出来后先开去了一家书店,无果,又去两家,才买到一本佩索阿的诗集,书名叫《想象一朵未来的玫瑰》。我挺中意这名字,感觉玫瑰用来赔罪还挺适合。这下我终于能放心地走进我的玛莎拉蒂总裁里,将诗集放在副驾座位上,心满意足地开往野生动物园——我这几天发掘的新景点。由于天黑得早,这里关门也早,售票处在正门前拦着,正门进去后还得行驶好长一段距离才算进入游览区,这种构造导致了两个结果,一是下班以后这里无需派人值班,正合我意;二是我停在售票处前的空地上,除了心理暗示,几乎听不见任何动物的叫声。仿佛它们已失去了嚎叫的本领。我像前两天那样，将车停住，环顾四周，没有异常，熄火灭灯，哭。不用想起任何事，只要愿意，想哭就哭，假如我外表再过得去一些，能拿金马奖影帝。哭完以后，照例揩泪，瞥见身边诗集，哑然失笑，今天又多了一个人加入了哭的行列。发动引擎，灯亮车响，听见车外一声怪叫，我一激灵，屏住气息，等了几分钟，不再有响，战战兢兢放下车窗，朝外探了两眼，没人，没物，再回想那声叫，说是园中老虎从噩梦中诧然惊醒也未尝不可，也许是不祥之兆，我便没再多留，开车走了。

我开过很多豪车，当然，都是收车时开的。可我从没觉得自己和它们有什么联系，例行公事而已，好比明星拍床戏，职业素养禁止假戏真做。这辆总裁却不一样，只有驾驶着它到处哭泣时，我才觉得汽车是不能缺少司机的。我们是共享泪水的一对搭档，我们夜夜私奔。从野生动物园到车行要开几十分钟，高速路上畅通无阻，这给了我们风驰电掣的舞台。在由速度产生的幻觉里，我成为了一切我想成为的人。比这更幸运的是，我们还有很多日子可以一起哭泣。

离车行百米远，可以看见人群，这不正常，下班过后的车行应该比动物园还冷清。开近一看，几辆警车停在路边，穿制服的人们开了灯，对着车行动手动脚。我停下车，走到他们之中，心猛然一抖，可惜为时已晚。他们中的一个朝我走来，一双绿豆眼睛瞟着我的总裁。

你是这里的员工?

我……不是,我就是来看热闹的。我也不知道我为什么会这样说,也许是白底黑字的查封条使我一时乱了神。

他看了我几秒,把下巴朝总裁努了努,问,这辆车是你的?

我点点头。

他示意几个手下跟上,一边朝车走去一边对我说,那麻烦配合一下检查。

他们检查车的方式比我粗鲁得多,但好在最终也没有发现可疑物品。车里有行驶证和我的驾照,我这时冷静过来了。

那人问,你是做什么的?

诗人,我说,这本诗集可以作证。

这是你写的?

不是,我正准备学习他,他写的很好。

他抖了抖书,又上下打量了我一番,把书扔回副驾,示意他的手下调出车行的员工名单,看看有没有我的名字。我不知道他为何始终怀疑我,一个诗人,开着一辆豪车,见到热闹,过来瞧瞧,这难道不合理吗?但无论如何,所有的真相在员工名单里都将水落石出,我有些懊丧,也有些不甘,但更多的是觉得自己可笑无比。我说,警官,刚才是保险起见我才这么说的,你知道,二手车行这地方乱七八糟事比较多，我不能一见谁就说实话，希望能体谅一下。

接着编，继续编，玛莎拉蒂开得舒服是吧？他的绿豆眼直直地洞穿我，我第一次发现人的眼珠可以如此又圆又硬。

我还没来得及摇头讨饶，旁边窜出的一个人已经按他的指示拷住了我的双手。

我告诉你，绿豆眼说，严重一点你这就是妨碍公务。走吧，上车。

警官，我这一时糊……

糊涂个屁，一会做笔录时保证你清醒得不得了。最好把你们和老板干的那些事全都给我想起来。

老板他……

有什么话局里说。

警官……

你他娘的听不懂人话是不是？

能不能让我把诗集拿上？

他愣住了，警惕地看看我，牵着我走到玛莎拉蒂旁，从副驾上捡起书，说，检查好了再给你。小王，你把这车开进去，也贴掉。

临上警车时我的头一直对着小王，看他如何进入玛莎拉蒂，如何将它生涩地开进车行。我发现自己和它的感情这么浓烈，却从没有好好端详过它的尾灯。

· 05 ·

失业到现在多久了，我自己也记不清。现代人一旦没有了工作，日期也就成了可有可无的数字。那天晚上笔录一直做到十二点我才得以离开，事情很简单，岳哥因为涉黑进去了，车行自然也一并查封，至于其中是否有别的隐情，谁也不清楚，所以无论警察如何盘问我和同事们，得到的回答都大同小异。岳哥从来不把那方面的事带到车行来，也许这是他对我们这些兄弟最大的关怀和保护。后来交易中心的其他车行有几个人打电话给我，说岳哥的事已经调查清楚了，正准备审判，估计至少十年，店和车都充了公。他们顺便还暗示了食人花的事，叹气惋惜。我当时明白了，除了咳嗽和爱以外，一群人对一个人的幸灾乐祸，是更加难以掩饰住的东西。他们接着问我要不要去他们那儿干，我直接把电话挂断了。

我想起那把刀，这是岳哥留给我的唯一东西，超市卡早已用完丢弃。我原本还以为它会成为案件凶器之类的关键证据，可事实证明我又一次想多了。眼下最令我头痛的事还不只是失业——这世上的二手车行只会越来越多，可是别的店都不允许员工私自使用存车，这意味着，我哭泣的根据地消失了。我面试过几家公司，卖衣服卖鞋子卖保险的，不能说一无所获，但确实没再找到像车里那么完美的场所。很长一段时间，我只能挤在生活的缝隙里见机哭泣，可那缝隙转瞬即逝，我不得不马上收拾好自己，装作若无其事的样子，扮演一个比较像我的我，那敏捷的姿态像极了一只老鼠。显然这不仅降低了哭的趣味，还愈发使我欲求不满。

那天我面试回来，看见妻子伏在案边，埋头修改她的诗作，桌子的一角放着我当时送的诗集。想象一朵未来的玫瑰，未来真会有玫瑰吗？妻子跟梁鹰一样，闭着眼睛，在空中比划着不明所以的手势，进行着想象和感受，甚至都没有注意到我的进门。我在旁边看了好一会儿，越看越觉得不对劲，诗真的是这样写的吗？我好端端的妻子怎么成这样了？她还在那儿缓缓地舞弄着，忽然猛地睁开眼，往纸上涂抹了几笔，接着思索一会儿，又划去了当中一个词，替换了个别的什么，盯上它半天，脸上慢慢浮现出忧伤，仿佛被关进了空中牢笼。这一发现使我忽然灵醒，原来最佳场所在这里。我咳了咳嗓子，她终于从诗的世界回过神来，扭头看我，笑着说，你回来啦，今天如何？

不错，我说，面试官似乎挺看重我。

妻子嫣然一笑，半分钟前残留的忧伤使这笑容更加动人。

又有什么新作了，大诗人？

她扭头看向簿子，不好意思起来，说，我越写，越不知道自己写得好不好了。

老师教的方法不管用了？

她摇摇头，说，也许是诗开始有自己的脾气了。

我对她这神经兮兮的话有些不耐烦，但仍笑着说，你不要吓唬人，来，我来听听。

她说，听？

也许你念出来会比较有感情，我是这么猜的。

她点点头，看上去同意了我的谬论，便拿起簿子念起来。

她的声音很动听，也许民航学校专门培训过如何把一句话说得让每个乘客都感觉宾至如归。这使我联想到这首诗从飞机广播里念出来的情形，所有乘客为她的嗓音如痴如醉，却觉得这不太通顺的诗句莫名其妙。确实不太通顺，大概梁鹰后来又告诉他们不通顺才能让诗显得特别，就好像人生一样。她的诗还是老样子，擦着空乘生活的一些边，没头没脑地把几样不相关的事物拼凑到一起。虽然我本来就不理解，但至少以前她的话是直白的，现在她把句子一打碎，这就更难懂了，幸好我并不需要懂。我一连让她念了三遍，眼泪就如同两条没人走过的路那样，很寂寞地延伸了下来。她没有发现其中的蹊跷，反而有点喜出望外。你觉得好？她问。我说，说不上来，但我感受到了。

这可能就是我最大的错误：就算我哭泣的根据地没了，

也不该暂住在她的诗里。但当时我并不知道，只是为之兴奋。从那之后，我时常在她念诗的温柔嗓音中趁机流泪，这给了她无穷的信心。有一天她说，她能不能出诗集。我吓了一跳，说，亲爱的，我只是个业余听众，我为你的诗哭泣，未必代表你写的好，也许只是因为我们互相了解。她说，可梁老师也夸我写得越来越好了。我说，他的意思是对于零基础的人而言，几节课写成你这样算是不错了，况且你怎么知道他不是在怂恿你再报一学期的课？

这场谈话过后，我开始注意分寸了。尽管之前也不是每听一次诗就哭一次，但现在我得把哭的频率调得更低，才能扼杀她不必要的自信。可我担心的事还是来了，妻子居然真的出了诗集。样书寄到家里，她划开快递袋的时候脸都红了。我说，你是自费的？哪来的钱？她说，出版社出的。我不敢相信，立刻把书抢过来，看见封面上准确无误地印着妻子的名字，感到一阵晕眩。书名叫做《空中集》，封面上画着一只白鸟，出版社似曾相识。我无法分辨一本书是否自费出版，但从装帧质量来看，的确不像是我们的经济状况可以负担得起的。我问她，但更像是自言自语，你怎么从没跟我说过？她的声音透着掩抑不住的颤抖，说，想给你个惊喜呀。

我无论如何不能认为这是个惊喜，薄薄的一册书捧在手上，却如奥斯维辛的死亡名单般沉重。我不无胆怯地将书从中间翻开,说不上那一瞬间是否在期待里边全是空白。然而,即便这种期待存在,它也在顷刻之间被现实击碎了。

那一页上是首我从未见过的诗。

《给石头打上发条》

给石头打上发条

让它滚落　从停止转动的夜晚

知耻地迎向果实之鸟

火把举在哪儿

哪儿就率先破晓

给石头打上发条

让它重复　那秋麦造成的收割

和圆月上无名的角

大地会原谅所有过错

生存本身就是迎娶苍老

给石头打上发条

让它永远　幸福而又徒劳

高过高岭的高空野花在凭吊

一种俗论,亲爱的

没有人真正潦倒

>给石头打上发条
>沿着绳索　谁都看见了
>影在一格一格地拔起
>向手指灌输力道

如果说我从这首诗里感受到什么的话,那就是这首诗绝不是我身边站着的这个女人写的,这个与我相识七年,恋爱六年,结婚三年的女人。我身边的这个女人,我的妻子,这首诗的作者,这三个人里一定有谁出了差错。我又随手翻了几页,回头注视目录,至少有一半的诗我闻所未闻。

我尽量、尽量、尽量地,沉住自己,说,怎么好多我都没看过?

她回答地很快,声音却是羞赧的:每首都看怕你烦。

我转过头,看向妻子,我不能说这是一张我熟悉的脸了,她身上的什么地方已经发生了不可挽回的变化。我又重新打量起书,翻过来覆过去,好像在检查一只损坏了的汽车零件。书背上,几个有头衔的人写了几句好话。最后一个是梁鹰,他说我妻子的诗"有一种坚硬而团结的内核,从语言的内部构建了人类最朴素情感的秩序"。我艰涩地念了出来,像赤着脚翻过烈日下的山脊。妻子不再笑了,抿着嘴低下头,看向地板。这又是什么意思?诗人的语言我听不懂,诗人的低头我就不会误解吗?我感到她的睫毛扇动起一阵风,这阵风正在卷走我所理解的一切。

·06·

　　事情到了这一步,一定是有问题了,我想。我坐在梁鹰新书分享会的座位上,看着台上侃侃而谈的梁鹰,一只手按住大腿上的书,另一只手伸进口袋,紧紧捏住大马士革钢刀。问题要么出在梁鹰上,要么出在我身上,要么出在妻子身上,要么出在刀上,要么……我永远也理不清了。我的拇指在覆盖皮套的刀背上不断摩挲,岳哥把玩刀的时候也是这个动作吗?岳哥,岳哥,一个人送另一个人礼物,总有它的意义。鱼骨纹,我想象,一圈圈漩涡,和我一样。梁鹰已经讲了一小时,这会儿天已经热了,他不再穿着三件套,但依然考究,皮鞋锃亮。明明笑出了声音,却总让人感觉像是沉默。最多还有半小时,一小时,不能再多了,海报上写的是一个半小时,就将开始签售环节。我将有十秒钟的时间和他近距离接触。抽出一把刀需要几秒?

　　我在脑中反复播放将要发生的画面,模拟双手的动作。下一个就轮到我了,我左手捏着书本,右手插着口袋,大拇指随时准备抵开皮套。这时我发现事情不对了,我的欲望来了。我对自己说,你可千万不能在这时哭,一个杀手,嚎啕大哭算什么样子。我这次行动最大的失误就是没有事先把今天的份额哭掉,它现在比任何时候都要来得强烈。我还在试图反抗自己:忘记眼泪带来的一切快乐。只需要半分钟,半分钟以后,想怎么哭就怎么哭。但这半分钟,诗性一定要在刀身上闪现。好,下一个,工作人员说。梁鹰的目光碰到我了,接过我的书,一边打开一边面朝我,仿佛在思考该如何表扬一首拙劣的诗作。我受不了这样的目光,正准备出手,他却笑着说:"我见过你,可你今天的表情好像有些不同。"哪里是有些呀,五官简直都快逃光了,它们早就像煮熟了的饺子,在我脸上扑棱扑棱地翻滚了。经梁鹰这么一说,更是得了号令般一哄而散,哭将起来。周围的人都吓坏了,水波一样朝外让开,这么一来,我更肆无忌惮了,越哭越猛,越哭越夸张,好像在当众表演一种新发明的艺术形式。观众们一边后退,一边紧紧将书捂在胸前,遮鼻掩耳,指指点点。我是彻底体无完肤了,双脚一软,扑通一声跪倒在地,但我的右手还没从口袋拔出来,我还在想着一定要亮刀,一定要亮刀,谁说哭着就不能杀人了?身边的工作人员已经反应过来,准备支走我了,留给我的时间所剩无几。忽然眼前一个晃动,我的身体被巨大的暖流包围,梁鹰搂住了我,在所有人后退的时刻他却始终没有从椅子上离开,并且弯下腰扎扎实实地把我的脑袋搁向他的肩头。他的手掌成为了我后背上的火山。他说,没关系的,我都可以理解。这是他的失误，我扳回一分。他不该抱我的，他一抱我，等于把全身的破绽都露给了我，等于把赶来帮忙的工作人员也统统劝开，等于让我的行动时间缩短了一半以上。我一边哭，一边想着这些，却意外地听见自己的声音，它像是不受控制似的从我口中逃逸出去，抓都抓不回来。那个声音油尽灯枯地说：梁老师，你能教我写诗吗……

偷脚踝的人

· 01 ·

从最开始踏进这间公寓的时候起,我就感到一股久违的亲切感,好像本该住在这里的人是我。即便我在门后的墙壁上摸了半天都没有找到灯的开关,这种感觉依旧没有消失。说不上来具体亲切在哪——不是气味,不是黑暗中模糊的家具轮廓,也不是防盗铁门的花纹或质感,我也说不清,但我知道指向越具体,离答案就越远。女友熟练地打开了玄关边上的开关,唰的一下,宽敞、简雅、又略显凌乱的房间被赫然照亮。

"你随便逛吧,"她把那只银白色的空行李箱提进门内,说,"我上去理衣服。"

公寓有两层,下面是客厅和厨房,楼上还没去,估计至少有一间卧室。听女友说，这套公寓租金一万。

"要我帮你么？"我说。

"不用，"女友说，"一会理好你帮我提下去就行。"

说着她把外套扔到沙发上，便拎着空箱子上了楼，从楼上传来了打开衣柜的声音。我看了看表，离球赛开始还有半个多小时，如果她能在一刻钟内理好的话，回到家我还可以赶上看比赛。为了打发这幻想中的一刻钟，我便四下好奇地转了转，像在探索遗迹。

这不是女友的住处，而是她前男友小陆的。和我住到一起时，她只带了必要的衣服和生活用品，一个月后天气转凉，才回来取些冬天的衣物。前男友和我颇有缘分，不仅和我一个姓，连生日都是同一天，小我一整岁。三月六号，这一天出生的还有米开朗基罗和加西亚·马尔克斯，都是我喜欢的人，我也因此很满意自己这个生日。和这两个人一样，小陆也具备一定的艺术天分，大学毕业以后就在家里画油画，只是成就有限，至今一幅没卖，每月靠着开房产公司的父亲的资产和在市政府工作的母亲的溺爱来获取不菲的收入，然后把这些钱统统拿去赌博和玩乐，眼下他又坐上了前往澳门的飞机，给了我来陪女友拿衣服的机会，避免和他相见的尴尬。

"同是一天生的，怎么区别这么大呢。"女友时常把我和他这样对比道，"你们真的是完完全全的两种人。"

她并没有错。我来自上海的郊区，大学毕业以后父母就停止了经济支持，以至于我只能靠工资在市区租一间二十平米的小房间。父母本也没有太多钱，国企里的普通科员而已，打拼一生，贷了款咬了牙买了套新房，在我结婚生子前租给外来打工人员，然后每天问我有没有稳定的恋情。我虽然不抗拒结婚，却也没有把和女友同居的事告诉他们，好让事情变得尽量简单。每周上五天班，周末在家睡觉，唯一的兴趣爱好是看球。春节时和朋友一起去伦敦亲眼目睹温格在酋长球场执教的身影，为此兴奋了一个月，并把当时的照片设为了手机壁纸，这就是我近三年来唯一一次出国旅行的经历。

"还真是完完全全的两种人，"我说，"居然都成了你的男朋友。"

她望望天空，好像在思考答案。但我本意并没有在问她。

· 02 ·

厨房和餐桌都光洁如新，不是那种打扫过后的光洁，而是从未使用的光洁。可想而知小陆平时也不做饭，每天以外卖度日。客厅的立柜上摆着各类造型新奇、材质迷人的工艺摆件。无一不令人感到好奇,就像是美丽的密码一样,引人驻足欣赏的同时又忍不住思考其中蕴含的庞杂的意义。是个艺术家的房间,我想。我捧起一只扎眼的钢铁侠头盔,虽然对漫威不感兴趣,却仍被那精致的做工打动。我小心翼翼地端着它,细细打量起来。头盔沉甸甸的,说明它绝不是粗制滥造的塑料制品,表面泛着沉稳动人的红色哑光,如同上好的红酒。脑后有一个开关,推动以后,钢铁侠的双眼便放出明亮而不刺眼的均匀白光。很难认为这是一个普通的玩具,我想,可能电影拍摄的时候用的也就是这玩意。我有点不舍得放下它,手指不断来回摩挲,像在爱抚一只宠物犬,并这样抱着它——凝视立柜上别的摆件,等到回过神来时,才发现已经过去了二十分钟。正当我犹豫要不要上楼看看女友理东西的进度时,她从楼梯上走了下来。

"理好了?"我把头盔放回立柜问道。

"哪有这么快,"她说,"下来喝点水而已。"

她径直走向厨房,从橱柜上取下一只杯子,顺手打开旁边的一桶四升装的矿泉水,倒了满满一整杯,喝完以后她擦了擦嘴,说:"这王八蛋,又把鸡带回家了。"虽然这么说,但女友的语气很平静,声音也甜美,几乎让人以为这是一句撒娇的话。

"你怎么知道?"我问。

"这种事情逃不过女人的眼睛,"她说,"垃圾桶里的避孕套包装不是他常用的牌子,是女人自己带的。"

我想起来,当初他们分手,就是因为被她发现了小陆嫖娼的证据。小陆的保密措施做得不可谓不完善,但还是被她抓到漏洞,在他的支付宝转账记录里发现了一笔数目显眼的付款,她偷偷地记住了对方的手机号,回去开了一个男性微信小号,加了那个号码,验证信息是"朋友推荐的,现在还做吗?"对方顺利通过,并老练地报出价格。铁证在前,小陆百口莫辩,发誓永不再犯,结果没两个月又被她发现,于是彻底分手,她本想找房子自己住,结果在那段时间里遇见了我,正好情投意合,索性搬来了我家。

"你真应该去做刑警。"我说。

女友放下杯子笑了笑:"我也不想这样的。刑警抓住了罪犯会有奖金,但我这样却只会让自己伤心。"

"你现在还会伤心吗?"

"现在不了,"她说,"分手都分手了,他爱怎样怎样。"

说着,她踮起脚吻了我一下。在她要上楼的时候我问道:"你大概还要理多久?"

她转过头:"怎么啦?等得不耐烦啦?"

"也不是,"我说,"我看看来不来得及回去看球。"

"你在这看不就行了?你用手机看吗?"

"嗯。"

我自己都不知道这个"嗯"是在表示肯定还是一种迟疑的顾虑。我觉得潜入别人家里拿东西已经是一件不太体面的事了,更何况那人还是我女友的前男友,更何况球赛一看就是两小时。万一他中途回来怎么办?

"把手机给我。"女友不由分说地打断了我的思绪。

她拿着我的手机走到电视机旁,没几秒钟工夫,手机便投屏到了电视上,并且连好了WI-FI,她总是这样,什么都为我主动安排妥当,比起恋人,她更像是个优秀的保姆,同时也令我感到自己的无能。不知道小陆是否也曾有同样的感觉。但好的恋人是这样的吗?

"好了,你看吧,"她说,"这是不是比用手机舒服多了?"

"你说小陆会不会突然回来?比如说,他其实没去澳门,只是为了见你才编的这个借口。等你理到一半的时候突然进来。"

她似乎被我牵强的情节震住了几秒,然后才笑着说:"如果他对我的心思能花上你说的这一半,我们可能都不会分手。"

我若有所思地点了点头,直到确认自己刚才的担忧确实有些离奇,便目送她走上了楼梯。多好的女人,我一边看着她一边想。然而不知不觉地,目光又滑向了她移动的脚踝。几天来我一直在思索这个问题:如果她脚踝的形状可以更美一些就好了。多年的恋爱经历对我来说都有一个共同点，那就是都带有"离完美就差一点点"的遗憾的错觉：她什么都好，只是性格稍微再温顺那么一点点就无憾了；她哪里都令人满意，只可惜命运让我们分隔两地，诸如此类。在这诸多的"一点点"中，唯有现在的女友是最接近完美的，她差的只是脚踝的形状。而脚踝是一件很重要的事吗？大脑告诉我不是，但心却骗不了自己。这并非是瘦或者胖的问题，而是形状本身，如同脸一样，有天然吸引你的类型。女友的脚踝对我来说不美，然而发现这点时我们已经确立了关系，并且睡过两次觉。以脚踝为理由分手对我来说实在太疯狂了，对她也不公平。

我尽量避免去想它，却又忍不住时时观察她的脚踝，并反问自己：真的有这么糟糕吗？

不知道小陆是否也曾有同样的感觉。

女友消失在我的视野里了。电视里球赛开始的声音接入我的现实世界，这场球看得我很难集中注意力。也许是因为心里还隐隐地担心着小陆的半途而归，但比起这来，我更强烈的感受是，用手机投屏到电视上看球实在是一件美妙的事。以往，我不是在手机上看，就是在电脑上看，即便是连接电视，也只会用 HDMI 连接线。无线投屏的技术，我并不是不知道，然而出于一种无名的恐惧，我从没有尝试过，况且也不是每台电视都能支持。高科技没有荫庇我看球的乐趣，却已经成为了小陆生活中最微不足道的习惯。其次，在紧张之情渐渐褪去之后，那个从进门时就涌现的对房间的亲切感变得愈发浓烈，好像我心的领地被两股情绪势力轮番攻占，而现在，我深陷亲切之中，并发现自己已经对这里产生了热爱之情。沙发的质地柔软舒适，有三四个颜色宜人的靠枕，女友的外套斜斜地耷拉着，茶几上摆着两瓶红酒，各喝掉一大半。开了封的软包中华旁的高脚杯里，数十支香烟偃卧在黑黄色的浅水中，每支都剩下几乎一半，昭示着他挥霍浪荡的个性。我从来不是这样的人，我想到，这里的每支烟，换做我可能至少都能再抽上五六口。绿油油的足球场从电视屏幕里洒下了清澈的光辉，在茶几桌面上隐隐地投出倒影。世界杯期间，铺天盖地都是赌球的新闻和段子，就连我身边的朋友——看球的也好，不看的也好，多多少少也会赌上几把，聊以消遣。但我从不这样做。看球十几年，我从没有赌过一次球。一来是因为我见证过太多的足坛奇迹和爆冷比赛，明白在这里没有万无一失的事情，二来我也觉得一旦产生了利益关系，就没有办法全身心地、纯粹地欣赏足球本身的魅力。或许在我的潜意识里，在屏幕前看球员冒险深入敌方腹地战斗要比我亲自深入生活的腹地来得更愉快。对于没有勇气的人来说，球赛本身的刺激已经足够他们回味很久。

后来女友告诉我，小陆在世界杯期间赢了四万块钱。球赛快中场休息的时候,她下楼来,告诉我她已经理好了东西,见我正看得津津有味,便决定陪我一起看完比赛再回去。她刚在沙发上坐下,就问我有没有赌过球,然后就说起了小陆的事。说他最差的时候输了五万多,后来一点一点回上来,直到赌中了比利时3-2日本那场的比分,才一下子翻身做主人。

"那场比赛他看得应该心惊肉跳的,"我说,"比利时到最后才反超。"

"是的,"她说,"最后那个球进了以后他哭了。"

"哭了?"

"对,他说足球太美好了。"

我撇了撇头:"这句话好像不该是这个意思。"

"对,他太野了,在澳门赌钱也是大手大脚的。"

"赢了么?"

"现在不知道,以前最背的时候输过二十万,他没有办法,只能回家跟父母老实交代,结果被赶了出来。后来还清债务以后,父母留了心,每次给他打钱时都会问下用途,他就说我要买项链、我要买包、我要跟他一起旅游,就是这样,把我搬出来,作为他从父母手里骗钱的工具。就连和我讨论结婚的时候,他的第一反应都是结了婚以后,可以跟父母要一大笔钱。"

我倒吸一口气,无名之火从心底涌上来,却也只是平静地说了句:"真是个糟糕的人。"

"糟糕透了,"她说,"极度自私,眼里只有钱。"

· 03 ·

中场休息的时候,饥饿感在胃里扩张。我说:"我饿了。"

女友又像是接收到指令的秘书一般打开茶几底下的抽屉,从里面依次拿出玉米片、海苔卷、米饼、巧克力放到茶几上。都是从附近的进口超市买的,我要么没有吃过,要么最多只吃过一两次,因此它们现在显得格外诱人。但女友似乎仍觉得自己做得不够到位,打开了冰箱,给我提供了三种饮料的选择,最后忽然想起什么,问我:"要不我给你煮方便面吃?"

我说不用了,但她执意说她煮的方便面特别好吃,便又从茶几柜的什么地方掏出了方便面,拿到厨房里去了。一路上我看着她的脚踝。为什么我们第一次见面的时候她没有像今天这样穿一条露脚踝的九分裤呢?她身材美好,脸蛋迷人,远远望去,从上至下,一切都完美,直到脚踝——我相信在别人眼里,这绝不是一对有缺陷的脚踝,但就是在我的心里硌得生疼。不漂亮,我想,不是我要的样子。如今整形技术这么发达，可以让五官焕然一新，让皮肤如获新生，让身材一夜爆瘦，可是唯独脚踝，却从来没有相关的整形术。也许以后也不会有。她被我看得有点不好意思，遥遥地笑着问我："看我干嘛。"我为自己感到可耻。多好的姑娘，我却只看见她的脚踝。

只差一点点，绝无必要却又无法逃避的"一点点"。

我拿起桌上的中华烟，不再看她。点烟的时候我忽然意识到，也许这正是他们平时生活的常态：小陆在沙发上抽烟，女友在厨房里干活。多好的女人，小陆暴殄天物。如果他此刻回来，也许我会把他打一顿。可事实真的如此么？我长吐一口烟，把灰弹进高脚杯里。

偶尔，十分偶尔的时候，我也曾想过这样的生活。在我看《了不起的盖茨比》的时候，看《华尔街之狼》的时候，看枪炮与玫瑰乐队的自传的时候，看《史记·秦始皇本纪》的时候，想做一个荒淫无度的人，一个万人唾弃的败家子，一个彻头彻尾的暴君。我记得那个叫做 Slash 的摇滚明星有一天醉酒后在垃圾堆和女人的胸脯中醒来，自问这对白花花的胸脯除了噗通噗通还有什么？什么也没有，于是就离开了她。噗通噗通。哪个男人不想要这样的人生呢。

抽完烟我去上了个厕所，回来的时候女友已经把面端到了茶几上，手中拿着那瓶所剩无几的红酒摇晃甩动。"这个王八蛋！"她叫道，"把我的酒都喝完了！"

"你的酒？"

"嗯，我朋友送我的，很名贵的酒。我还特地叮嘱他，我迟早要回来拿的，不许喝。"

我坐回沙发上，一边端起面，一边看着那瓶酒，想象他一个人自斟自饮的场景。她像是看到了我脑中的画面似的，补充道："不是他一个人喝的。他叫朋友来一起喝的。"

"这又是怎么知道的？"

"他给我发消息说过，贱兮兮地，说把我的酒都喝完了。我当时以为是开玩笑的呢。"

我转而想象他和几个同样的浪荡子在这个房间里觥筹交错的样子，一边喝一边抽烟，也许还有几个女人在。他们在炫耀，在大声喧哗，在玩一些下流的游戏，最后走的走留的留，他和其中一个上了床。醒来以后长了记性，删除了支付宝的付款记录，然后想到自己已经分手，心头泛起一阵忧伤。

他会忧伤吗？我怀疑起来。是我的话会的，可他和我明明是完全不同的人。我便无从判断了，只好低下头专心吃面。眼睛扫到了她的脚踝。杏色，凹凸有致，但是不完美。完美的脚踝是什么样的呢？我心里一直很清楚，但是既表达不了，也画不出来，那是只存在于想象中的、也许实际存在的缥缈之物，在现实的边缘才得以描绘出的虚无的轮廓。像是浪尖，也像是盐，像是爱情歌曲中饱含的情绪之巅，不固定，却又牢牢地占据着独一无二的优雅空间。我长年累月地怀念这个形状，尽管至今没有见过一模一样的。只有无限接近，却从未真正出现。为了这种东西，分手不值得，顾虑不值得。

面很棒，既不坨又不硬，还加上了荷包蛋和香肠，我发自内心地夸了她。她说，都是被小陆嫌弃以后练出来的，到最后就连小陆都挑不出毛病，赞不绝口，所以对自己的煮面技巧很有信心。

"之前是做得很差吗？"

"也没有，"她说，"只是他习惯性嫌弃我这做得不好，那做的不好。"

"听上去他对你不太好。"

她想了想，说："也还行，至少从不动手。"

"……"

"不过他从没有送过我花。虽然他不承认，他坚称送过一次，我想了很久才想起来，那是一次圣诞节，路边有个卖花的老奶奶，我看她可怜想要买一枝，他抢先付了钱，五块钱。就这么一次。"

我叹了口气："那你怎么还能和他谈这么久，你喜欢他什么呢？"

她凝视着桌上的打火机回忆了很久，说："其实他牌玩的不错。"

· 04 ·

吃完面,下半场开始。她把碗筷拿去厨房,没有洗就上楼去了。我问她是不是还有东西没理,她赌气似的说:"是的,为了惩罚他把我的酒都喝了,我要从他这里多带走一些东西。你要不要过来一起?看看你那边还缺什么?"

"我一会儿再来。"我看着电视屏幕说。一瞬间有一种错觉,小陆和她说话的时候大概也是这样三心二意。但我明明是和他完全不同的人啊,我既不赌也不嫖,重要节日会为女友准备鲜花和礼物,对她好意做的食物也从不会嫌弃。四万,我想,可以买将近五十件厄齐尔的签名球衣,可以买三十多双限量版的球鞋,抵得上我三四个月的全部工资,世界杯持续一个月,他在这一个月里获得了这一切,可能在他的赌徒生涯中这还远算不上值得他骄傲的战绩。我摇了摇头,不能这么想,正是这种诱人的魅力才不断使人堕落,身陷万劫不复的深渊无法自拔。我想象着他无可奈何地向父母坦白自己输了二十万的那个夜晚,他是如何在这样的耻辱之后依然不屈不挠地继续投身这危险而不齿的事业的呢?我从中竟然感到他拥有一些难得的优秀品质:勇气、狡猾和绝不动摇的韧性。

下半场开始没多久,一阵急切的敲门声就使我警觉地竖起了身子,起初我以为真是小陆回来了,随即才意识到如果真是小陆,他根本不必敲门。敲门声持续地响着,从那粗暴的声音中我转而又想到此人可能是债主之类的角色,尽管此时门外的人说了一句"502,快递",但我仍心存疑虑:毕竟这年头什么犯罪人士都会假扮成快递员。这时女友匆匆下了楼,几乎想也没想就开了门,顺利地从中接过了包裹。我忽然感到自己是个懦夫。

"是什么?"我走近问她。

"不知道,"她拿在手中打量着,"要不要拆开看看?"

我耸了耸肩,毕竟是她的前男友,又不是我的,决定权不在我。

"拆了吧,"她这么说时已经展开了动作,"谁让他喝了我的酒!"

我不禁笑了笑,看着她把那个神秘礼物从层层叠叠的包装中取了出来。

一只浅粉色的女士手包。我纵然再不懂女性服饰,那鲜橙色的包装盒和手包上巨大的"H"都恨不得把"爱马仕"三个字糊到我脸上,使我永远背负着被它照耀过的骄傲。正当我们疑心这是他买来送给谁的时候,却在包装盒外发现一张写着女友姓名的礼品卡。

"是送给你的,"我说,"可能是故意找这个时机来给你惊喜挽回你?"

"不可能。"她斩钉截铁地说,那表情与其说是在斟酌该不该克制暗喜之情,不如说是在推理礼物背后隐藏的阴谋。

"你要知道,他从没给我买过超过三千块的礼物。而这只包——"她捧在手里拍了拍,"至少要两万多人民币。"

我狐疑地望着她,但她的脸上全无心虚和焦虑,那认真思索的双眼又让我想起她抓住小陆嫖娼证据时的样子。尽管那时候我并不在场,但当她向我转述时,眉间也和现在一样带着凝重而略有成就感的皱褶。

她前后打量了一下手包,似乎在确认这是正品而不是从哪里搞来的高仿货,然后沉思一阵,直到噗嗤一下笑了出来,说:"他这个人,正经事虽然没什么,但赚钱的歪门邪道多得很。"

"歪门邪道是指?"我不知道她为什么突然说起这个。

"他几乎可以编出任何理由来让父母掏钱。有一次,他声称自己拜了个学画画的师傅,还让我做了个一对一私教的虚假网页截图发给他爸妈,说要学一年,学费六万,我竟然真的帮他做了。一年之后,他又说,他要出国留学,考雅思,报班学习。又让他们掏钱。不过这回他是真学了,只是没考上。他没告诉家里人,就说考上了。他的打算是,问父母要一笔学费,先去国外待一个星期,拍拍照片,和父母视频聊天一阵子,然后偷偷回国,在什么地方租个小房子,这个钱就可以继续用来吃喝玩乐了。"

"那学位证书怎么办?"我说。

"估计到时候找人办张假的,或者 PS 一张打出来。这事他做得出来。"

这事他做得出来,我确信。但我仍花了很长一段时间去消化这与我有着天壤之别的生活方式,然后才大梦初醒一般忽然想起眼下的事情,说:"那和这个包有什么关系?"

她笑了笑,说:"不会有错的。他肯定跟他妈妈说,为了挽回我,想要买个礼物,然后等他收到以后,第一时间就转手卖掉,这样就又骗到了几万块钱。"

我不禁倒抽一口气,不禁感慨这对(前)情侣之前到底经历了什么,居然充满了这么多推理小说般的诡计。

她拿出手机,给小陆发了一条消息:"你快递到了,我拿走了啊,谢谢。"

没过多久就得到了小陆的回复:"操你妈,这是我妈从国外买来的,我准备卖掉的,你不许拿走。"

她冲我露出一个得意而天真的笑容。

我忽然觉得眼前的女友在变得陌生,甚至比第一次见到她时还要陌生、还要神秘,但这种探险般的乐趣使我渐渐兴奋起来。我甚至没有去客厅再看一眼球赛的比分就跟着女友上了楼,对我来说,眼下小陆的房间比球赛更迷人。他和女友组成的旋涡将我毫不留情地拖入一些未知命运的中心，使我感到将来无论发生什么，都将是命中注定。我仍觉得这个手包出现的理由很不可思议，但是铁证如山，雄辩而完美。如果他们的合谋如此默契，那也未免太过极端。更何况——这是最主要的原因——我在女友的反应中得到了我想得到的所有安全感。脚踝不能提供安全感，我想，脚踝绝不能做到这点，再美都不能。

· 05 ·

我环视他的卧室，整体来说是整洁的，但是被子凌乱地盖在床上，床头摆着保罗·奥斯特和莫迪亚诺的书，一个维特鲁威人的桌面玩具摆件和一些八寸大的人体模型。台灯相对来说比较普通和简单，但在我眼里这种简单也成了艺术的一部分。女友继续她刚被中断的整理作业，往脚边的购物袋里塞进一个飞利浦的扫地机器人。"这个你用的到，"她说，"是我买的。"随即拿起床头那两本书问我："这个你要么？"

"我不爱看。"我说。

她把书放进了购物袋，说："那我看。反正他也不看。"

她又在房间里走了一圈，看看这，看看那，拿了几只茶杯，几个香薰蜡烛，和无印良品的香薰机。最后试图把空气净化器也搬走，发现实在不好搬运，才放弃了这个打算。

"气死我了。"她一边收拾一边用那接近撒娇的声音说道，"这家伙一点都没变。"

看着这副狼吞虎咽的模样，我不禁笑出了声。不知为何，我感觉此刻很快活，仿佛冬泳的人习惯了水温。

出于好奇，我打开了衣柜，一排质地优异的衣服映入眼帘。我一件件提出来看，都是如雷贯耳的大品牌。女友告诉我，这其中有仿的，有真的，有她送的，也有他自己买的，都是与我平时风格相差甚远的衣服，不过此时看来，竟觉得假如穿成这样出门也未尝不可。她似乎看穿了我的心思，走到我旁边，拿起一件亮黄色的短夹克放在我面前比照了一会，说："你试试这件，好像你穿也挺好看的。"

我犹豫了一会，但女友的目光热切而欣喜，我脱下身上的开衫毛衣，把夹克穿了上去。她从不同角度观察了一番，又在衣柜里捣鼓了一会，拿出一顶鸭舌帽给我戴上，接着领我走到镜子前，一个全新的我便在镜中世界鲜活起来。虽然里面的法兰绒衬衫和直筒牛仔裤还透露着古板的气息，但是那大片的金黄色块已经使我焕然一新，仿佛镜中人拥有了自己的生命，黑色的帽檐下，一双桀骜不驯的眼睛有气无力地看着我，那人年轻、放纵、浑身散发着勇气、狡猾、和绝不动摇的韧性。我和他对望了很久，想象着他坐在牌桌上时那自由散漫的姿态，沉重的筹码在指间蝴蝶般地飞舞、穿梭，令人摸不透世间是否还有他惧怕的事物。

"挺好看的，"女友说，"这件衣服也带回去吧，是我当初送他的。"

"你还真给他送过不少东西。"

"可惜他并不领情。"

我又对着镜子照了会，发现镜中人的表情倏然忧愁了起来，便脱下衣服和帽子，说："给他留着吧，这不是我的风格。"

这不是我的风格，毫无疑问。一种可怕的改变即将发生，仿佛脱下外套就能脱离这种命运。我想起小陆曾做过的那些事，仍不由感到心惊。归根结底，我是我，小陆是小陆，我们是完完全全的两种人。

· 06 ·

二楼剩下的一间房是小陆的工作室。画板和高脚凳孤零零地摆在房间正中，好像一对冷战的情侣。画板上有一幅未完成的油画，是一个女人靠墙站立的场景，女人只有几笔轮廓，到了小腿处便没有了痕迹。

"他总是这样，"女友说，"只画一半就没心思画下去了。那个台子上也是。"

我顺着她的眼光看向他的工作台,调色盘和粗细不同的画笔之间,几幅草稿之类的画纸层层叠叠地在桌面上摊开,我走近一瞧,每一张都离完成相差甚远,实际上更准确地说,几乎就是开了个头就停笔了,有的画了几条线,有的只画了一只眼睛,还有的就是用一些色彩诡异的颜料在纸上随意地涂了几笔,仿佛是在试验新调的颜色,调完便又扔到一边了。正当我即将放下画稿时,一个神秘的图案在我的余光中死死地抓牢了我,迫使我将那张画纸抽了出来,细细地、惊心动魄地凝视:那照样只是一幅半成品,但那唯一完成的部分,是一对清晰的脚踝,像浪尖,像盐,像爱情和诗歌中最斑斓的波纹,它们垂直地交叉在一起,丝毫没有察觉自己的美丽。有那么几秒钟我的身体分离了开来,就像没粘牢的贴纸,但后来我又将它摁了回去,说服自己其中必有差池。然而脚踝的形状精确之极,由不得我半点怀疑。我感到自己的手指在非常用力地捏住画纸,拼了命才缓和了下来,好使它不至于将纸捏碎。一阵电流通过脏腑,我在忍住自己的眼泪。

我们是完完全全不同的人吗?

而这一切都在女友的眼前悄无声息地进行着,仿佛我成功地当着她的面偷了情,躲过了她周密而机智的追捕。她绕着画室走了一圈,对我说:"这里的东西,我们可能都用不上。"

"这个画，我可以拿走吗？"我尽量使自己听上去不那么激动，但说出口后，我感觉自己的声音仍然十分怪异。

"拿了他应该也不会发现，"女友凑近我，看了看手中的画，"怎么，你对这幅情有独钟吗？"

"留作纪念。"我说。

实际上我还想问她小陆作画时有没有模特，但一来生怕自己的意图太过明显，二来即便有，我也很难开口问她小陆的联系方式，进而寻找画中的模特。但这种强烈的遗憾从那时起便再也没有从我的心里消失过。

女友的脸上露出得意的笑容："你觉得好看吗？"

"好看。"我说。

"这是我哦。"

我瞪大了眼睛："什么？"

"这是我呀！"她重复了一遍，"这里所有的画都是我。"

我吃惊地重新看了遍桌上的画纸，那些眼睛，那些身影，还有画板上那个站立的女人，我又抬眼注视着女友在灯光下阴影分明的脸，不禁倒抽一口气。那是一种极为脆弱的相似性，是被提醒以后愈发活跃的相似性，是被悄然异化了的她。我再度把视线移向画纸上的脚踝，为什么呢？为什么这是她的脚踝呢？

她忽然灵机一动似的说道:"要不你把这些画都拿走吧,反正我走以后他也画不下去了。"

她仍然没有注意到我所迷恋的只有那一张脚踝的画,但是为了隐藏这一点,我伪装出一个幸灾乐祸的表情答应了她的提议。可内心仍在为那对脚踝的形状而震颤不已,有一阵子还产生了短暂的晕眩。我们把画一张张卷好,塞进购物袋里,和那些电器、香薰机放在一起。我们卷走了一切,把行李箱和购物袋统统提下楼,又把茶几上刚才拿出来的食物给放进袋子里,连同那两瓶所剩无几的红酒。"简直就像强盗。"她笑着说。

这过程中,我一直在看着她,看着她整个下半身,也许还有尾巴,同时反复回忆那对画中的脚踝。我既欣喜又疑惑,错愕使血液持续地翻滚。"我们还可以带走一样。"我一边说一边关掉电视,比赛已经结束,而我不再关心结果。我抱着她,触摸她,然后一起倒向沙发。我在搜寻,在探索,在试图更新。她说:"这不像你。"我说:"我也这么认为。但这确实是我。"

比赛已经结束。小陆画的脚踝在购物袋里露出小小的一片趾尖,像个裁判似的庄严宣布:比赛已经结束。有那么一刹那,我希望小陆此刻回来,目击正在发生的这一切,但比赛结束后,一切又恢复了寂静。

从小陆家离开的时候,我一手捧着购物袋,一手拎着行李箱。临行前女友说:"现在这里没有任何我的东西了。"

"嗯。"

"你还想再来吗?"她问。

我说:"我们要是能租个这样的房子就好了。"

她说:"可我更喜欢你那里。"

"为什么呢?"

"因为我喜欢你啊。"

我想告诉她,喜欢我和喜欢小陆其实是一回事,但我没有说。

我这时已经恢复了理智,但这恢复的流程中一定出了什么差错,才使我始终无法变回进门前的自己。我在心里盘算着,甚至是如此渴望着:半小时后还有一场比赛,我准备买个二十块钱,赌曼城赢。就二十块钱,我的理智只偏离了这二十块钱的距离。

下楼以后,我走在后面,她在前面,就这样在料峭的夜色里穿行而过。毫无疑问,我还希望可以再度来到这里,因为在这里的我比我更像我自己。但我不希望见到小陆。我们不该相见,恰如女友注定要与我相爱。此时此刻,我看见她的踝骨在路灯下伸缩不定,似乎在自我调整,在尽力——尽管她自己无所察觉——变成画中的样子,直到我们上车都没有成功。

谈论爱情是可耻的

· 01 ·

白子琛匆匆走进约好的咖啡馆，虽然离说好的时间还差几分钟，但当别人全都到齐只等他一个的时候，他还是有点不好意思。他明白做这行谁都不能得罪，任何人都可能意外地提携他，但与此同时，任何人也都可能对令他们久等的人产生异常执拗的偏见。白子琛还没落座，就赶紧朝那对老人和导演连声道歉，直到那三人装模作样地假客气一番后，他才坐了下来，但仍未收起脸上的笑容。假客气造成的余波还荡漾着，眼前的咖啡上甚至起了涟漪。那是他们刚为他点的。

"这位是你们'儿子'，白子琛老师，"导演年纪不大，却留了一嘴的胡子，把人中区域塞得满满当当，"在节目里叫小刘。这两位是许国书老师和程令姝老师,在节目里是刘先生和从阿姨。从前的从,起个生僻一点的姓,可以增加真实性。"说完导演干笑了两声。

"两位老师好。"白子琛一边说一边想这个见谁都叫老师的毛病到底是谁先带起来的。

导演把一叠订好的 A4 纸递给白子琛:"这是我们的本子,刚才我跟两位老师已经沟通过了,我再跟你简单介绍一下啊,这主要讲的是退休十年的刘先生沉迷风水学,一天到晚折腾房子,原先不过是搬搬家具,添置些屏风啊中国结啊什么的,到后来发展成重新装修房子,搞得家人——也就是爱人从阿姨和儿子你小刘全家反对——结果就闹到了节目里,请求调解。"

"哦,"白子琛一边翻着剧本一边说,剧本从后半部分开始,由导演标记了重点符号,并且在白子琛的对话上加粗了字体,"还挺有意思的。"

导演接着说:"你呢,在节目的前半部分还没什么事。一开始是老两口吵架,后来我们节目组又请来了儿子,你就出现了,那,台词我都给标记了。"

"嗯,嗯,我看到了。"

"你的出场呢,主要有两个任务。第一个呢,先抱怨一番老父亲这种封建迷信的思想和给家庭带来的困扰;第二呢,你要引出一些新的矛盾,比如说你看第 14 页。你要在主持人的引导下，说出刘先生在外面有情人的事情，所以才这么沉迷牛鬼蛇神，因为他怕啊，心虚啊，一把年纪了，外面养个情人，无论从哪方面讲，压力都很大嘛。"导演介绍剧情时夸张的手势让白子琛想到正在做法的巫师，好像他才是身陷封建迷信的那个人。

一旁坐着的程老师放下咖啡，似乎也激动起来："然后这个时候我会表现的很惊讶，甚至起身要打他，此刻现场进入一段混乱。但是我觉得哦，就凭儿子这一面之词，立刻在屏幕前扑起来，似乎有点不真实，最好就是一直逼问真相，然后指着鼻子骂骂就行，骂到最后情绪要是真的到位了，干脆放下豪言：我要离婚！这也是一个戏剧冲突，比动手打架要好。导演和我就在这里产生了分歧，小伙子，你怎么看？"

"许老师的意见呢？"白子琛说。

"我都行，怎样都无所谓。"许国书大手一扬，好像挥苍蝇，笑眯眯的，一副事不关己的模样。

"我看了看这个剧本，"白子琛说，"个人的感觉，这个老年人有外遇啊，内容实在有点丰富，你想，那么老的人，可能身体——就那种——也不太行了，对家庭又不好，传出去名声也难听，可他为什么还要执意找这个情人呢？这是个很值得挖掘的内容，完全可以另外再做一期，放在这里有点大材小用了。那么这一期呢，我建议索性就让老人——

叫什么来着,哦对,刘先生——让他沉迷赌博,比如说我一出场,先说点折腾房子的事,主持人一引导,问我知不知道为什么父亲突然间变得这样,我就说了:他一直在两站路外那个游戏机房里赌博,就那种老虎机、弹子球,然后还记规律,算走向,盘路子,家里的风水当然就更不能放过了。老师们看这样是不是更顺一点?"

程老师和导演互相看了一眼,边看边点头,然后向白子琛投来赞许的目光:"你看,还是年轻人脑子灵光。赌博这个原因好啊,我怎么没想到呢。"

"好,那各位老师都同意了是吧?那我这就回去改稿子,到时候呢……"导演拿出手机看了看,"后天,我们就用新稿子开始彩排了,其实也不难,就是和主持人一起顺一遍稿子,熟悉熟悉,录像的时候我们都有提词器,老师们也不用太担心。"

接下去四人又天南地北心不在焉地聊了几句,当白子琛发现这两位老师也不过是些混吃等死的普通群演时,他推进了道别的进度。在两位老师走后,白子琛把脸凑近导演,压低声音小心翼翼地问:"那个,老年人外遇的故事,能不能让我来写?"

照理说这不符合行规,电视节目里的台本,要么找编剧写,要么导演自己写,哪有让演员来写的道理?更何况写的又不是他演的这一期。但这话由白子琛问出来,一切就都不意外了。毕竟在圈子里，这个除了参演外还喜欢讨点编剧的活干干的"掺手"，已经有点知名度了。"掺手"指的是那些常年在电视节目中扮演素人的半职业演员。这几年各大情感节目和纠纷调解节目的繁殖速度比蟑螂还快，起初还有几个真素人上上节目，但到了现在，节目越来越多，素人和纠纷却越来越少，供需关系失去了平衡，"掺手"就应运而生。这些人在各个节目里串台，无论是网络节目还是地方台节目，甚至电台节目都能去掺一脚，根据导演写好的台本演些跟父母闹掰的叛逆青年，在两个男人之间游移不定的困惑少女、或者为争夺房产闹到六亲不认提刀上马的泼妇恶汉，以满足当下观众水涨船高的窥探需求和低级共鸣。这起先只是那些艺术院校的表演系学生干的活，他们借此赚一些外快，顺便认识些影视行业的人为今后发展铺点路，但后来人们发现这一行也不是谁都能干的。首先，对"掺手"们的长相要求就比较苛刻，既不能太标致（因为那样就不像素人），又不能太丑、太有特点（那样的话更像是个专业喜剧演员），只能是那些俗里透雅、土里透红，仿佛一只身上总有未掸去的泥巴的透明萝卜，这样的人才合适。其次，在节目里扮演素人和在舞台或者镜头前表演又完全是两码事，无论是经典的斯坦尼斯拉夫、布莱希特还是梅兰芳的世界三大表演体系，无论是体验派、方法派还是表现派的三大表演艺术派别，在这个地方全都不起作用，甚至还需要极力避免。

台词功底太好的不能要，口齿不清表达不利索的也不能要；太油嘴滑舌想象力丰富的不能要，临场反应太差的也不能要；体态优雅举止得体显然受过专业训练的不能要，背不住词记不住流程反复看导演提示容易穿帮的也不能要。对于受过专业训练的人来说，让他一夜之间抛弃所拥有的一切表演才华比让他造火箭还难。虽然我们艺术院校的学生大多不务正业，逃课成瘾，谈不上有什么表演才华，但是毕竟还没沦落到可以做好一个土包子的程度。

在一次传媒行业大会的晚宴上，一位姓叶的地方台某综艺节目总导演针对这个问题，在席间发表了鞭辟入里的看法。他认为要解决这个素人不够用的难题，靠表演系学生终究不合适，最好的办法是专找那些有表演欲望却无表演天赋的普通人，这种人最像是能上节目解决私人问题的困惑群像。

"说白了，就是比素人稍微荤一点点的半素不荤之人。"他得意洋洋地说。

众人一听，皆以为然，只有一人举手高声问道："那这种人该怎么找呢？找演员可以大大方方公开招募，可要找假素人演真人秀，这可是见不得光的事呀！总不能网上招募说，'节目需要演员，要求不能太好看，不能太会演'吧？"

众人一听，又纷纷点头，觉得此人虽然语气颇为不屑，但说得不无道理。毕竟在操作层面上，这确实是从未面临过的境遇。他们一边挠头苦思，一边巴望着叶导，期待他那张因红酒而微微涸紫的双唇之间又能吐出什么锦囊妙计。

叶导微微一笑："这问题我也想到过，后来还是毛主席的话给了我启发——从群众中来，到群众中去。我一下子醍醐灌顶啊：我们去观众里找不就行了吗！每场录制节目台下那么多观众，导播间里一眼就能看出每个人的反应如何，事后再根据招募名单联系那些表现欲强的观众，这不就成了吗？"叶导一拍桌子，容光焕发。

众人脑袋一仰，恍然大悟，随即称赞声如雨点般洋洋洒洒落在桌面上、座位上，落进牙缝里，指甲缝里，餐桌上的饭菜仿佛也一下子热腾起来，红烧鲫鱼恨不得自己翻身为叶导鼓掌。刚才提问的那位朋友连连拜服，经过几分钟的熟虑之后又饶有心得地点头补充道："真是好办法，真是好办法。而且既然已经是观众了，就说明他对你们节目、你们公司，是有兴趣的，这可不两全其美，一石二鸟么！真是好办法，好办法！"

国内综艺节目的格局在那一天之后变得豁然开朗，无数怀才不遇的素人纷纷在镜头前找到了自己存在的价值，而多年以后，叶导更是制作出了七档风靡全国的真人秀节目，提出了三十六条如何让真人秀假到逼真的行业金律，更有人称"他的节目是如此真实，以至于观众甚至都怀疑他们所在的现实世界其实是假的"。叶导穿着一身常年不变的西服三件套，朝着吹捧者自谦地摆了摆手，想起自己家里养了五年的金毛犬，已经有三个月没回去见到它了。

· 02 ·

那时候，白子琛还只是个情书代写员。老板在网上接了单子，把客户的需求发到群里，群里的写手们就似科举考试那样争相交出答卷。白子琛的水平即便在这些人里，也算不得上乘，但他有他的绝活，那就是专为时间不够的客户（或曰不愿花心思）将情书手抄到纸上，只消客户提供一张亲笔手写的借条或者检讨书，白子琛就能据此模仿得大致不差。因此白子琛在这个公司里的立命之技便是专门做这些人的生意，但凡有客户提出代写代抄的要求，别的写手们几乎就自动让给了白子琛，因此几年以来日子虽然拮据，但他总算也没饿死。

这话当然也可以反过来说：虽然没饿死，但日子还是拮据。当他的朋友林象告诉他"掺手"的消息时，他脑中便是久久地回荡着这句话。

"可我从没上过舞台啊。"他犹疑不决地说。

"没事儿，去试试又不打紧。"林象和白子琛是高中同学，大学毕业以后就奔波于各家互联网公司。照他的说法，互联网公司拥有无限美好的前景，可尽管如此，他寻找副业的脚步也从未停下过一刻。

他朝白子琛挤眉弄眼地说，"我刚开始也不信，导演给我发信息的时候还以为骗子呢，但没想到是真的，还有钱拿，虽然也不多吧，但总是个钱。虽然我没有通过试镜，但我想你可以啊，就把你的照片给导演看了。他一看觉得还成，说可以试试。那就试试呗，也不远。"

白子琛沉思了一会，说："这不是在骗观众么？"

林象说："你写这情书不也是骗姑娘吗？"

"倒也是。"

·03·

"掺手"的活意外地适合白子琛。他的脸可塑性极强，化妆手法稍一改变，就能变成截然不同的形象，这使他即使一年"掺"上十几个节目也依然没有观众发觉其中蹊跷，那个交友节目里自信满满的金融创业男怎么看也不像另个情感纠纷节目里低声下气的自卑暗恋狂，当他在节目里因为"女友"坚持要养蛇而闹上了舞台的时候，谁也没发现就在一周前的某档节目里他还对着另一个女生现场单膝跪地求婚。后来，他有些轻飘飘了，开始做起了进军演艺界的梦，凭着在各家电视台积累的人脉，他广泛而乐此不疲地参加试镜，试镜哪怕只是做群演，也得争取做个有台词的群演。然而直到一年前的夏天，他所有的演出经历也只有一句台词："救命啊，救命啊！"随后就被身后的日军一枪崩死了。后来他坐在电视前满心期待着在屏幕中看着自己倒下的英勇身姿，结果发现这一段被剪掉了。他的心情跌倒了谷底，并后悔自己为什么还要叫上林象一起来见证自己的荧幕台词初体验。

演艺之路的不顺带给白子琛的也并不是只有坏事。那天下午他像往常一样参加节目录制的时候，不知哪句话触动了他郁郁不得志的神经，一怒之下挥手给了站在对面的"劈腿女友"一记响亮的巴掌，引得全场惊呼。这一出乎意料的举动使白子琛自己也吓了一跳，那个女友惊异而愤怒地看着他，眼睛都快瞪出血丝了，但下一秒，异于常人的职业素养使她的脸色又转为了哀怨和愧疚，没多久便流下眼泪来，气若游丝、抽抽泣泣地飘出一句"对不起"。

这个意外并没有导致中断，相反，各位嘉宾和演员们的临场反应使得它看上去更为真实——因为这本就是出乎台本之外的剧情。而在播出后，该期节目的点击率也一路走高，导演特地发消息夸了白子琛，说他这一招真是神来之笔，这使他意识到自己在节目的走向上可以拥有自己的主动权。自那以后，白子琛每次和导演商讨台本时，总会加上自己的想法，哪怕没有想法，也要硬憋出想法，以期在这种对抗和交流中获得一点卑微的成就感。没过多久，他甚至跟导演提出自己来撰写剧本，这本身是不许的，但现在节目制作工作量大，周期又短（有些电视节目甚至是日播！），再加上白子琛自己也有丰富的"掺手"节目经验和大众喜闻乐见的低俗视野，花个几百块钱来外聘他兼职一下编剧工作也未尝不可，久而久之，也成了白子琛在业内的一块小小的招牌技能。

导演低着头沉思了一会，说："我们这边预算可能不高。"

"有个吃饭的零花钱就行。"

"五百成么？"

"这恐怕低了点。"

"六百吧，再高制作人那边不好交代。"

"行，就六百。"白子琛干脆地答应了。

也许由于答应得过于干脆，导演心里反而有些懊悔，早知道再多坚持一下五百了，这样自己还能多抽点油水。

白子琛花了两天时间去构思这个老年人外遇的故事。由于缺乏必要的想象力，他只能在自己的过往经历中搜肠刮肚，结果在他的代写情书生涯和"掺手"生涯里，和老年人有关的只想起一个。那是个身患绝症瘫痪在床的老人，浑身上下只有左眼和鼻孔能动，为了代他给老伴写情书，白子琛和另一个同事不得不和他儿子打听老俩口的生平轶事，然后就在医院里即时赶稿，每写完一稿就念给老人听，有觉得不符合事实或者不满意的地方就迅速眨两下左眼，一行人便做出种种假设，假如某个假设对了，老人便再迅速眨眼，就这样连写了三天，才总算看见老人的鼻孔快活（或是激动）地出着气，像用鼻子冷笑。若不是他那开煤矿的儿子愿意为这封情书付上两万块巨款，白子琛死活都不会接这么累的活。

——但是总不能在节目里上个瘫痪病人吧？白子琛挠着头问自己。

于是他不得不换另一种思路，他（极不情愿地）回忆自己切身经历——那些他起初感到兴奋，然后觉得肉麻，最后一想起就浑身犯恶心的爱情故事和一个个鲜活却无异于死去的老情人们。他试图想象她们老去后会过上什么样的生活，以及自己会和这其中的哪几个老太婆成婚和外遇。不用抬头看向墙上松木板上钉着的那一张张明星们的签名明信片，宋雪瑶的名字第一个就戳进了他的脑门。但他不能回忆她，那是个耻辱，他曾经真诚地扪心自问过，但不能解释为何还把那些明信片挂墙上。他转而想起了别人，一个女人曾带着他进了德州扑克的线下局，输了十万以后回到家他发现再也联系不到她了，后来林象告诉他，这种局看似好玩又公平，做手脚专门合伙骗外人的却也有不少。行了，就她了。白子琛脑子里闪过一条蛇，啧啧称奇了两声：老年人，被骗——这不是 P2P 嘛，社会话题，吸睛，还有教育意义。女人补偿了老人残缺的爱情，或者也可以是亲情，总之老人一感动，想要卖房子给她做理财——这个可以做主要冲突点——节目最后才发现那就是个搞 P2P 的骗子，老人幡然醒悟，一家人悬崖勒马，暗灯，拥抱，结束。漂亮。

不是个多好的故事，但值六百块。

第二天彩排结束后，他把这个思路给导演说了下，导演向他竖起了大拇指，并告诉他最好这周末就交，白子琛一看手机，发现除去明天录制就只剩两天，当晚回去便赶紧打开了电脑。十点多时出门吃了个夜宵，回来刚抽完一根烟没多久，就听见传来一阵无情的敲门声。

根据宋雪瑶的说法，白子琛和她第一次相遇是在两年以前的一档情感评论节目里，那节目每期请一位明星嘉宾来点评几对情侣的交往状态，并借此为由挖些嘉宾自身的八卦，节目最后，为了宣传自己的新专辑，明星自己还会唱一首新歌，宋雪瑶就在身后伴舞，她于是就在候场的时候见到了和"女友"相恋七年却仍不考虑结婚的白子琛。可白子琛却怎么也记不起了。在他的印象里，两人毫无疑问还是在《大声对 ta 说》中才认识的。那期节目中，身穿蓝白学生装、背着双肩书包的宋雪瑶捧着一束鲜花，满面春光地来到舞台上，神采飞扬地说："他是我的学长，名叫海涛。我曾和他约定好，30岁时你未娶我未嫁，我们就在一起。而现在，我们都30了。我想大声对他说：现在我未嫁，如果你也单身的话，我们就结婚吧！"

"好羡慕哦。"评论席一位叫糖糖的女嘉宾眼里闪着叮当作响的粉光。别的嘉宾（大多都是仍在为走红而苦苦打拼的通告艺人）都带头鼓起了掌，并引得观众席也掌声一片，就像头羊领着羊群穿过锡林浩特大草原。

现场的聚光灯在主持人的光头上悄然掠过，那双机智而幽默的眼睛似海绵般吸收着掌声。他在情感节目中的地位首屈一指，可以说，一档情感节目能请到他来主持就意味着成功了一半，也正因如此，节目组把大部分艺人预算都花在了他一个人的头上。只见他意味深长地浅笑着，等掌声黯去后，便对小美（宋雪瑶在这里扮演的角色名）说："那我们现场连线海涛。"

拨号声异常漫长，其间糖糖脸色渐渐沉重，好像在看杀猪现场，并为猪肉祈祷。最终对方还是没有接起电话。观众席发出了一声整齐的哀叹。

宋雪瑶皱了皱眉，并开始回忆自己逝去的姥姥，好让眼眶尽量显得湿润。

光头主持开口了："其实呢，我们节目组在录制前联系到了海涛，当然并没有说具体的原因，他一听要上节目，就说一定是小美干的。但他因为在国外度假不能来到现场，只给我们寄来了一段视频。"

视频是白子琛在录制前一天拍的,他坐在车里爽朗地对着镜头打招呼,说很久没见甚是想念,并且要给她两个惊喜。"第一个呢,就是这个!当当!"他从镜头外拉了个女生进来,"这是我新谈的女朋友,我们已经快结婚了,到时候你一定要来哦!"

小美手中的鲜花在全场的惊叹声中落到了地上。

她立刻喊了停,任凭蓄谋已久的眼泪夺眶而出,像堵塞的马桶水一样不断外溢。

视频就此中断。主持人说:"确定不看了吗?还有一个惊喜呢?"

"不要了。"她说。作势扭头就走。

主持人拉住了她,一众嘉宾开导、安慰。有劝她不要哭的,有给她虚无希望说还有机会的,还有帮着她骂海涛的,当小美表示这也不怪他的时候,全场纷纷为这伟大的感情感动到热泪盈眶。"多好的姑娘啊!"糖糖攥紧拳头激动地说。

白子琛在后台,觉得这一切都不合情理。想要表白私底下打电话不就行了吗?为什么非得上节目呢?观众们真的会相信这些吗?他躲在帘后悄悄望了底下的观众,各个脸上都洋溢着遗憾的神情,白子琛转身喝了一口水,对着镜子整理了一下领口。一想到一会自己就会作为第二个惊喜意外出现，他就更加觉得莫名其妙。尽管这时他已经参加过许多情感节目，但他还是不免会为这样蹩脚的剧情设置感到恶心。毋庸说，他对爱情感到恶心。因为参加的越多，他越发现爱情里来来回回就这么些事，人们来来回回就为了这么些事哭天抢地、撕心裂肺，为了避免重复，只好让剧情变得诡异、扭曲，就好比爵士乐里会故意使用不和谐的和弦来刺激听感。也许好节目就得是这样的，他这样艰难地说服自己。催场导演这时找到了他，告诉他就快上场了，他于是又走回舞台旁。小美经过了一番劝说，心情似乎慢慢平静下来，答应看看所谓的第二个惊喜是什么。光头主持让她转身看着舞台入场口，并让全场倒计时。这时灯光暗了下来，只有入场口的一束追光树一样定在那里，音乐响起，白子琛正要上台，却被催场导演拉住。

"等音乐快结束时再上台。"他低声说。

几秒过后，眼瞅着音乐就将结束，大家的期盼进入高点，即将垂直下落，催场导演一拍白子琛的后背，他便哧溜一下跑进了灯光，并冲着小美咧开嘴笑。

小美捂住嘴巴，又惊又喜，疑惑如鹰，盘旋在她的头顶，盘旋在每个观众的头顶，直到海涛上台解释，群鹰才一哄而散，哗啦啦一片。他说他特地回来看看他最好的朋友，还特地瞒了她。

小美破涕为笑，把那个约定又抽抽泣泣说了一边，这下轮到海涛尴尬犹疑了。

"我已经有女朋友了。"他支支吾吾地说。

"所以你只是来看我而已吗?"

海涛很痛苦,五官像被铁器扯开,动弹不得。

光头主持开始救场:"海涛,你和小美确实有过这个约定吗?"

"确实有过。"海涛郑重地点了点头。

"那你现在和女友领证了吗?"

海涛摇了摇头。

"所以你未娶,而小美还未嫁,对不对?"

全场哗然。

"不要勉强他了。"小美哭着说,"我不想打扰你们的幸福。"

糖糖终于流下了泪。她在每个节目里的作用就是挑选合适的时机流眼泪,这样弹幕和观众就会骂她做作,她便会因此被记住。

"可你能答应我一个要求吗?"小美说着把书包卸了下来,从里面取出一件婚纱,"我想在这里和你结一次婚,这是我一直以来梦想的事。"

白子琛想着怎么控制自己的表情,同时目不转睛地看着宋雪瑶,为她在这种情形下还能镇定自若地表演下去感到不可思议。观众和嘉宾们开始如响雷般起哄:"答应,答应,答应……"就像在运动场上为球员们加油，或者是某个邪教组织在喊口号。

不和谐音——白子琛心想——太不和谐了。尽管已经对过一次台本，他还是为这个环节感到荒诞，尤令他痛苦的是，他很清楚更荒诞的情节还在后面。

白子琛点了点头，两人就在舞台上、在数百名观众和嘉宾的见证下完成了婚礼。接着令人惊奇的事情发生了：海涛从身上的不知道什么地方掏出了早已准备好的钻戒，对她说，他前几天和女朋友分手了，为的就是和小美完成约定。这一切，都是为了给她一个惊喜。

小美难以置信地问是真的吗？还是为了婚礼在演戏。

是真的，海涛说。

糖糖头靠在一边男嘉宾的肩膀上，感动得不能自已。"好羡慕这种细水长流的感情哦。"她说。就这样，节目在一片温馨而祥和的婚礼音乐中走向了尾声。人们都在祝福他们俩，都在称颂他们纯粹而长久的爱情，还有开玩笑责怪海涛关子卖了太久了的，而白子琛一心在想这钱挣得真是不容易。这节目到底是给什么样的观众看的呢？宋雪瑶的脸上还牢牢抓着幸福的微笑，好像稍一放松这表情就会溜走似的。评论席上还有嘉宾在起哄"亲一个"，被主持人机智地用言语化解了。

回化妆间的路上，宋雪瑶对白子琛说："你演起来还是一样得心应手。"

"彼此彼此,"他说,然后才惊醒似的问道,"你知道我?"

于是才知道宋雪瑶也是个"掺手",而且她接的活比白子琛还多一些,由于她学过舞蹈,因此除了上节目外,还经常给各类明星伴舞。作为同行,他们在临别前互相留了联系方式。

"有好的活分享一下。"他们说。

· 04 ·

白子琛现在只想着挣钱。

这不仅出于他对于生活中充满了过度爱情的逆反心理,同时也来自近期的一个发现:一个爱情美满的人可以得到人们的艳羡,而一个富有的人除了得到艳羡以外,还有许多的敬畏和尊重。谁会单因为一个人恋情稳当就对他另眼相看呢?没有的。当然,在爱情以外,他仍有选择爱好的权利,譬如读书、旅游、运动、烹饪,可是这些哪有挣钱刺激呀!他永远忘不了那天和林象吃饭时的一幕。彼时林象已在北京的一家互联网公司担任运营经理,并且告诉白子琛他的年薪有九十万。白子琛以为他在开玩笑,说自己参加一个节目可以拿十万。

林象不为所动,微笑着说:"我是认真的。"

"去你妈的吧。"

"赌不赌?"林象说,"赌一万块。"

白子琛有些慌了,可是他不能退缩。"赌。"

说着林象翻出一条手机短信,上面显示当月的工资卡上入账了三万元。白子琛掐指一算:"这不是三十六万么,哪有九十。"

林象振振有词地说:"这是税后的,税前大概四万。这个月我还请了十天无薪假,所以还得再乘以一点五,就差不多是六万,我们发的是十五薪,一年是不是九十万?"

白子琛心算了一会,说:"操你妈,全由你说了算。你给我看上个月的。"

"我上个月刚涨工资。"

"那不作数了。"

白子琛拼死抵赖,但内心仍慌慌地想着:至少这三万元是真的。自己挣这三万元可要多久呀。他装作不动声色的样子,丝毫没有表现出怯懦,还在林象面前抢先结了账。但分开以后,他忽然感到脸上一阵火烫,悲愤交加,想站在大街上赤身裸体地打自己二十巴掌。

然而这才是成年人应该致力的事。他想,无论何时何地,当你不知道该干什么、想干什么的时候,去挣钱总是没错。

白子琛和宋雪瑶尽管互相推荐过几个节目，也因逐渐熟稔而谈论了些各自的过去，可他们的关系也始终就是一片柴肉、一棵干花、一副透风的空架子。白子琛想，如果宋雪瑶稍微主动一些，也许他们可以睡上一觉——尽管即便如此也并无狂喜——更何况她并没有这么做，他也轻而易举地放弃了。他觉得宋雪瑶有一点好，那就是从不和他聊爱情，从不像别的女人那样，要么对星座配对津津乐道，要么老念叨愿得一心人，白首不相离。这就使白子琛也不反感与她往来。有一回，他们甚至还聊到一个"掺手"在火车上心肌梗塞猝死的事，白子琛觉得这才是成年人该聊的话题，命运的无常，生存的卑微，这视野可不比情情爱爱宽广多了。后来他们也聊一些赚钱之道，聊曾经干过的活计，眼下能钻的空子，宋雪瑶倒也愿意和他聊这个，也许她对白子琛是真没什么兴趣。那天，白子琛半开玩笑地说，他们既然经常上节目，有很多接触明星的机会，那要是卖些明星签名周边，是不是能赚到钱。

宋雪瑶说，经纪人管得严呢，哪有机会给你签那么多名。

"是啊，"白子琛说，"做明星真好，连随手乱涂的笔迹都能变成钱。"

宋雪瑶静了阵，缓缓开口道："你说我们要是仿造行不行？"

白子琛一惊，这才发现原来宋雪瑶坏水也多得很。

"你是说我们自己签？"他问。

"你不是以前抄情书的时候会模仿别人笔迹么？"宋雪瑶甚至笑了起来。

白子琛身子一机灵，乍听之下觉得可行，却反而有些惧怕起来。

宋雪瑶脑子转的快，已经拟好了作战计划："你看啊，我们这么着。我呢，去的节目比较多，每去个节目，就找明星要一个签名，我本来就是女孩子，明星见我会比较亲切，我又是一个人，而且还跟他同了台，要个签名而已，经纪人也不会管。我拿到签名以后，你就照着它练笔迹，然后买他个几十张明信片，一张张签，一张卖十块，不，二十块，利润就野了。"

"卖给谁呢？这有人信吗？"

"多得很呢。首先，我们可以放到'闲鱼'上卖，这上面傻子多着呢，只要你强硬一些，语气别露怯，总有上钩的。然后还可以放我朋友圈里卖。我微信好友多，而且又确实知道我一直上节目，可信度绝对高。再不济，那些要盘我的板子们，为了勾搭我，指不定也贱兮兮地买上几张。我还有好多群呢，我往群里一发，多少也能找到个把买家。"

说着，宋雪瑶向他展示了一些群，各个都是500人的大群。

"这都是些什么群？"

"什么群都有，反正女生嘛，只要愿意，什么乱七八糟的群都好进。不像你们男的，兴许还要交个会费什么的。"

白子琛想起自己也曾进过这种群，群里一大半都是女的，头像清一色得水灵，打着"交友"的名义，七嘴八舌地互相挑逗勾搭，女生免费进，男生得向群主缴费，进了群还得发红包。他刚才一眼扫去，觉得宋雪瑶那几个大群里也少不了这样的。他顿时觉得这个女人丰富了不少。随即又在脑中过了一遍流程，眯眼问道："会露馅么？"

宋雪瑶把身子往椅背上一靠，说："怎么个露馅法？谁能证明这签名是假的呀？他难道还亲自去问明星不成？"

白子琛恍然大悟地点了点头，搓了好一会自己的大腿，又回过神似的说："我们这算不算诈骗呀？"

"我们这叫出售梦想，"她说，"给他一个原材料，让他根据这个幻想自己和偶像之间的联结，他便收获了这幻想的幸福。甭管这原材料是不是真的，他幻想来的幸福是实实在在的，对吧？我们卖的就是这幸福，功德无量。"

"你这女人挺坏。"

白子琛很久没这样对着一个女人笑了。

· 05 ·

左思右想，这计划几乎零成本，不费时不费力，又确实很难被抓到把柄，可以说只赚不亏，实在不行，先试个几次看看成效也无妨。这次见面后没过几天，宋雪瑶就上了一台地方晚会，给王力宏做伴舞，她去文印店印了五十张王力宏的明信片，连同那张真要到了签名的真迹一道寄给白子琛。白子琛隔着一张半透明的雪梨纸，覆在明信片上一寸一寸地描摹，细细感受那自信而潇洒的笔锋扭转，仿佛在用笔尖触摸他面部的曲线。他原先觉得只要在网上找到真迹的图片自己就能模仿得大差不差，犯不着辛辛苦苦去讨要签名，但此刻笔端随着真迹遛了几圈，他才发现模仿签名和模仿写信到底还是不一样。明星们为了防止被盗用，在设计签名时往往路线诡异，线条突兀，近近看来每个字都不按照笔画写，仿佛一头乱絮，直到视线稍远一些，才发现这些诡谲的黑线竟神秘地组合成了想象中的字样。非如此亲自描摹一番便不能彻底掌握这书写的奥秘。白子琛一面惊叹，一面又练习了几遍，直到大约一小时或者更久之后，才试着用马克笔在明信片上写了一道。他如同识别假钞那样比对着两张明信片，改进一番后又试了一下，如是用去三四张明信片，他终于感到满意了。

当天晚上，他们用手机发布出售签名明信片的消息。两人各自发了朋友圈，还在"闲鱼"上发布了链接："因工作关系，经常和各大明星及经纪人合作，签名绝对真实，转卖只为赚点零花钱，恕不包邮，不接刀客，有意私聊。"接着配了几张自己跟明星合影的图以作证明，并在脸部打上了马赛克。

王力宏的明信片一周之内全部售罄，还有许多人在下订单，白子琛赶紧又做了五十张明信片，半个月的时间，两人手上各拿到了千把块，虽然不多，但终究是钱。接下去的一个月，他们又搞到了许多歌手、演员和主持人的签名，依样画瓢，虽然有些人的签名因为其粉丝不够狂热而销量惨淡，但总的来说，两人还是为这稳定而方便的活计感到满意。宋雪瑶回来后，他们一起吃了顿西餐，庆祝这渺小的愉快合作。

"不错。"他说。

"什么不错？"宋雪瑶边发着消息边回答道。她总有许多消息要发。

"这活不错，"白子琛说，"方便，安全，见效快，比感冒药要灵多了。"

"这才赚多少。"宋雪瑶把手机背着扣在桌上。

白子琛凑近了身子，嘴角一陷，那笑容便有些猾味："听上去你还有些别的想法？"

"赚钱的法子很多,这点真不算什么。"

白子琛的目光在她那件水蓝色高领羊毛衫上铺了一片,宋雪瑶尝了一口红酒,眼神忽而似烟一般缭绕起来,一只湿润的粉蝶停在了她的下巴上,如嘴唇般翕合着,没几秒就真成了嘴唇。白子琛从这灰纱般的沉默中意识到,这女人也许曾做过诸如陪酒一类的工作,若说曾与某个老富豪"交友"过一阵,也未尝不像。但他不能确定,但他也不想过问。不少女"掺手"都这样,甚至不少女演员、女歌手、女白领、女学生、女画家、女教师、女运动员、女售票员、女超市收银员、女屠夫都这样,大凡是个年轻女人,都有这个可能性。他司空见惯,甚至觉得这挺好,因为他自己也蒙其恩惠,有过几个女伴,有的花点钱,有的不花,但总之都不聊感情。难为情。

白子琛继续思考起赚钱的事了。

"你说,我们光卖明信片,是不是野心小了点?"他边划着牛排说。

宋雪瑶看了看他。

"一张明信片只赚二十,这要是个签名款的唱片、吉他、潮鞋什么的,是不是能赚的更多?"

"是这么回事。不过因为贵,可能也不好卖。"

"要不我试试?我们之前不是搞过汪峰的签名么?我们就卖他出的那款耳机,签上名,加个一百来块,一周之内没人要就把签名擦了退回去。"

"听着不错。反正只要原件在,你爱在哪签都行。"

"那我这就先买几个。"

"这么急干嘛呀,先问着呗,有人要了我们再买也成。"

"对方要看照片怎么办呢?"

"就说最近出差了,等回家拍给他。"

白子琛看了她一眼:"行家呀。"

· 06 ·

有那么几个月的时间,白子琛的日子变得浓香了。明星签名周边和明信片一波一波地售往各地。他现在只要盖着签名描十分钟就可以分毫不差地将它复制下来,他总结出了一个诀窍:当手握马克笔时,想象自己就是那个明星,想象自己被众星捧月,内里骄傲自满,睥睨天下,却又得小心翼翼地对外展现出谦逊的姿态;想象自己从小接受声乐训练,在专业水准上拥有着毋庸置疑的自信;想象着自己以艺考第一名的成绩进入了表演系,凡见过自己表演的人无不震颤惊惶;想象着自己对这个世界已经予取予求,甚至厌倦了成名。这么着,他笔下的水墨便风华绝代地滑出了货真价实的轨迹。他也从中获取了幻想的幸福，每得到一幅新的签名真迹明信片，就将它们钉在墙上的松木板上，仿佛这些明星曾是他一段又一段回忆富饶的前世。

除此以外，他也仍不停地"掺"着各大节目，不停地代写代抄情书，不停地到处找着试镜和做群演的机会。他甚至有了借钱给别人的资本。林象再度辞了职，放弃了九十万的年薪，自己动手创业，他跑来问白子琛借了五万。五万能创什么业呀？白子琛说。其实就是入个股，你要信任兄弟我，多投一点也没事，预计一年能平账，转年运气好能有三十点的利润。白子琛也没问他运气不好怎么办，大手一挥给了他十万。当然这十万并不是这几个月挣来的，但现在他的生活已经不会因为借去十万而受影响了，手上这么多挣钱的活，暂时缺个十万也不打紧。又是投资，又是为兄弟插了两肋刀，白子琛觉得很快活，是一个伟岸的男人该做的事了。体检的时候腰一挺，身高都涨了一公分。

"你被骗了。"宋雪瑶听了以后断言道。

"别逗了，你知道我和他关系多好吗？"

宋雪瑶耸了耸肩，不再试图说服他。

出于业务交流也好，形成了一种类似友谊的东西也好，两人一个月会碰上一两次头，有时是吃饭，有时是喝下午茶，也看过两次当下时兴的电影，有一回白子琛还在她面前颇为自豪地展示自己的模仿技巧——拿着宋雪瑶刚弄到手的签名，在餐巾纸上用圆珠笔涂两下，甚至不用像以前那样盖在上面描摹，一忽儿就可以以假乱真。真要说起来，也不是什么特别了不起的技能，但宋雪瑶还是礼貌性地表示了赞叹。白子琛也亲眼见证过宋雪瑶发布出售消息没多久，手机里就响起了各路买家的消息提示声。他一度想过现在这活计他自己一个人也能完成，可直到看见这一幕，才明白这招揽买家的本事他无论如何也学不来。也许事实也并非如此。卖假签名这种事，一个人也并非不能做，可无论是白子琛还是宋雪瑶，不知为何也都自始至终没有提出过单干。他们只是任日子这么向前滑动着。

事情的转变发生在一个秋天的下午，这一回的节目导演没有安排提前对接剧本的环节，直接让演员在棚里对稿排练。白子琛的角色是一个网恋少年，爱上了游戏里的公会队员，他们私底下火热地聊了几个月的天，见面时却发现女生在现实中非但沉默寡言，而且对游戏几乎一无所知。真相大白，白子琛一直以来的聊天对象其实是为自己不善交际的闺蜜撮合，先在网络上做足准备工作，最后见面时再让闺蜜赴约，以此帮助她完成她最不擅长的部分。白子琛感觉自己受到了欺骗，于是上了节目。那个不善言辞的闺蜜也是个经验老道的"掺手"，他们的对稿流畅而顺利。白子琛看了看后面的台本，问导演：

"那个聊天对象怎么没来？"

"在路上了,"导演说,"一会就到。"

台本中白子琛需要对聊天对象大声告白,尽管受到了欺骗,但几个月的聊天依然使他身不由己地爱上了她。白子琛叹了一声,感慨又是这老套的剧情,也没了继续背台词的兴致,索性坐在一边,看工作人员忙活摄影棚的布置工作。正是在这时他看见一个熟悉的身影闪进了棚内,他揉了揉眼睛,从对方看自己的眼神中确认了那无疑正是宋雪瑶。他的第一反应是惊,第二反应是感,第三反应才开始感到一股莫名的慌乱。

茫茫掺手,怎么就他们两人再一次演上了对手戏?当导演为白子琛和闺蜜介绍宋雪瑶时,白子琛心里一直这样地问自己。他们加的掺手群,怎么说加起来也有好几百个掺手,排列组合一下,同一对男女演上两次情侣的概率简直比中彩还低。白子琛无名的忐忑使他的掺手天分第一次出现了失常,不管对稿多少次,他对宋雪瑶的告白都令导演连连摇头。

"你要爱她,"导演说,"你们在灵魂上已经热情地相处了几个月,几个月里每一夜每一日你都在思念和想象中饱受煎熬,都在渴求对方哪怕说上一个字,上线一秒钟,这种强烈的感情,你要体现在这个告白里,来,再来一次。"

"我爱你,沐沐。"白子琛感到自己的嗓音是分了叉的,舌头是打了结的,而宋雪瑶熟悉的表情令他浑身不自在。

导演继续说:"不够爱,再来。"

"我爱你,沐沐。"白子琛的声音这回充沛多了,这依赖于他的闭眼。

"不要闭眼,看着对方,这是你朝思暮想的人。"

白子琛感到从小腿涌上一股胆怯的血液,直直地往身上冒,他萌生了想要逃离的愿望,但他还是做了个深呼吸,平静下来,说:

"沐沐,我爱你。"

导演没有立刻做出评价,他只是正了正自己的鸭舌帽,咬着嘴唇沉思默想,接着听了会对讲器里的声音,对他们说:"你先回化妆间休息一下吧,来,沐沐,你和闺蜜之间的一段词,你们对一下我听听。"

白子琛坐在化妆间的座位上,思索自己到底是怎么一回事。对宋雪瑶的脸说上一句"我爱你"怎么就这么难,明明自己曾说过更加违心的话。他告诉自己,他是怕宋雪瑶假戏真做,以为自己真的对她有了什么感情,那样只会让事情变得不可收拾。他们之间的关系经不起一丁点的假戏真做。假戏真做的结果就是不断的猜忌、担忧和怨恨,最后连假签名的生意都没法持续下去。他对此了解得太清楚了。

脑后响起了化妆间的开门声,扭头看去,宋雪瑶正款款进来。她脱了外套,坐到白子琛旁边的位子上,朝着镜子问:"练得怎么样了?老掺手。"

"一时失误而已,"白子琛说,"不用练。"

宋雪瑶笑了一声,说:"如果需要帮忙你就说一声。"

"你能怎么帮我,戴上面具不成?"

"面具是没有,不过……"宋雪瑶说着已经走到墙边,按灭了化妆间的灯。

"你这是什么意思?"白子琛问。

"一片漆黑,不就好说了么。"宋雪瑶的声音从墙边缓缓而来。

"嗨,"白子琛笑了笑,"雕虫小技,我说了我不需要。"

"别怪我没提醒你,他们正在讨论是不是要换个掺手。"

"你怎么知道?"

"我听见的,"宋雪瑶说,"你说吧,说好了我们再去跟导演对对,让他定下心来。"

白子琛觉得这情形多少有点古怪,于是懒懒地说道:"我爱你,沐沐。"

"认真点。"宋雪瑶这个样子有点像是导演了。

"我爱你!"白子琛有点赌气似的大声说,"沐沐。"

"吵架呢?再来。"

白子琛有些生气了,她宋雪瑶是个什么人,竟这样指手画脚。他带着一些不客气地说:"把灯打开,我不需要练。"

"行,那我们现在就去找导演对稿,对完我还有事。"宋雪瑶在黑暗中扭动门把手的声音传进了白子琛耳朵里,但她还没有把门打开。门外的光线依然死死地被堵着。

白子琛在几秒钟的时间里认真地设想了一番对稿的情形,一种不自信的心态又回到了他的身上。保险起见,他决定还是练上一句,就一句。他说:"我让你见识见识什么是真正的老掺手。"接着他咳了咳,又咽了下口水,刚要说时,却发现双眼已经习惯了黑暗,宋雪瑶倚墙的身影在眼前又影影绰绰起来,凹凸的轮廓勾勒出一种可怕的亲切,但他强压了自己的惊慌,仍一本正经地说:"我爱你,沐沐。"

谁都能听出来,这五个字在白子琛的嘴边吐得唯唯诺诺,胆小如鼠,丝毫没有热恋的气势。白子琛也没想到,自己从业多年,竟败在了这样一句最司空见惯的台词上。他正想着调整自己,再说一遍,为他夸下的老掺手的海口正名,却只见宋雪瑶的身影倏然大了起来,还来不及反应,她就已经走到自己身前,俯下身子,搂住了自己的脑袋。白子琛的惊恐和理智没有能够阻止他自身的热切回应,他将宋雪瑶按到冰冷的地上,抓开了她的衣裳。在最终的晕眩中,他听见宋雪瑶从底下发出颤抖的命令:"说,你现在说。"

"我爱你,"白子琛情不自禁地喊道,"沐沐。"

· 07 ·

那阵敲门声低沉、厚实，像一池藏着海怪的绿水，波光粼粼、密不透风地溢向屋内。白子琛理应推测这该是导演或者别的什么人，但他起身的一瞬间，脑中想起的却是宋雪瑶。走向门口只需七步，走这七步只需五秒，但在这五秒里，他的心如巨蟒般收紧。宋雪瑶不知道这里的，他想，但他还是将这种假设伸得又远又长，他有些害怕，但假设已经超出了控制，停不下来，并从怪石嶙峋中回荡出意外柔情的回响。敲门声又来了一遍，像是一个女人的手劲，也像是一个压抑着怒火的男人。它从白子琛的耳中打开缺口，深入回忆底部，许多画面就被挖了出来，碎片飞溅，让白子琛在这五秒里不得安宁。已经记不得是多久以前了，可能是一年多前，也可能是昨天，他就是在这种敲门声中发现了宋雪瑶。他本想在录制结束后和她一起吃个夜宵，然而找遍录制现场都不见她的踪影，最后路过制作人叶导的休息室时，才看见宋雪瑶正站在门口局促地敲门。宋雪瑶没有发现他，他本想上去打个招呼，后来又觉得也许他们正要谈什么事，便悄然离开了。

后来他们再次见面时，提到那天晚上本想找她吃夜宵，宋雪瑶毫不扭捏地说自己去了叶导的休息室，并且告诉他叶导要把她往签约艺人的方向发展。

"那是好事。"白子琛说,"叶导是个大人物,跟着他混有出路。"

"其实我更想做个演员,但他的意思还是从综艺节目做起。"宋雪瑶说。

"也不错,"白子琛说,"先混个脸熟,总比一直做'掺手'好。"

"我也是这么想的。"

"突如其来的好运。"

"也许他这一阵心情比较好,"宋雪瑶说,"你听说了吗?他刚刚去美国做了人工授精,结婚二十年,终于养了个儿子出来。这一阵他签了不少艺人,连员工的年终奖都涨了许多。"

白子琛从未听过这事,但此刻他觉得有些幸灾乐祸。

"难怪他对他的狗这么好。"他说。

宋雪瑶一皱眉:"这话可太刻薄了。"

白子琛为宋雪瑶帮他说话而感到一丝不快,但他没有说什么。他想起那个化妆间的下午,他们最终呈献给导演的,是一场情绪饱满的对话。白子琛的台词中除了一往情深的爱,还包含着努力克制的愤怒。这正符合了角色被自己深爱的聊天对象欺骗后的复杂情感,得到了导演的大力表扬。白子琛对自己在化妆间中感受到的愉悦感到羞耻,但他依然还是在事后向宋雪瑶道了声歉，宋雪瑶笑着回答道："工作需要而已。"

这个回答让白子琛心里安定了不少，他明白他们之间没有任何感情发生，他也明白了宋雪瑶是个可以为了"工作需要"付出一切的女人。某种程度上，这正是他最渴望的结果。

那天晚上回到家中，他看见满墙的明信片，忽然感到心一阵收紧。那每一个男明星，每一个签名背后，仿佛都在隐藏一些真相。他无边无际的想象使他感到怒不可遏。接着，他为自己会产生这样的情绪而焦躁不安，甚至在节目里出手打了女嘉宾一巴掌，因为她也是个舞蹈演员，在录制现场，那双胜券在握的眼神和宋雪瑶如出一辙，她按照排好的剧本说："我还很爱你。"他的右手就扇了过去。"爱我你还出轨？"他斩钉截铁地说，并且羞愤地离开舞台。而台本上，他此刻只该沉默。他直到几秒种后才意识到自己脱离了台本。事后他请那个女生还了他一个巴掌作为道歉。她没有理睬，像躲一只蝙蝠那样逃走了。

宋雪瑶又寄来了几张明信片，他无法控制自己的胡思乱想。每照着签名画上一笔，脑中就出现宋雪瑶的裸体，身边是各式各样的明星。有的从小接受声乐训练，有的以艺考第一名的成绩进入了表演系，还有的已经对成名感到厌倦。但他们在床上（或化妆间里）都依然充满活力，像几百年的暴风雨侵蚀岩石那样侵蚀着宋雪瑶。而宋雪瑶,她在索取签名时,笑眼中饱含着荡妇的光波。他在想象中崩溃了,停下笔来,给宋雪瑶发了消息,说自己不想干了。

"为什么?"宋雪瑶说。

"我一个人也行。"

宋雪瑶隔了几分钟才发来消息:"行吧。"

事情到这一步白子琛才发现,踏入自己预设的假戏真做的陷阱中的人,正是白子琛他自己。于是他千方百计确认自己并没有假戏真做,但矛盾的是,为了证明这一点,他就不能闹脾气似的离开宋雪瑶。他们之间成了如此特殊的关系:爱情存在的根据竟是他们的分开,而只要两人仍在一起,反而能说明他们之间是没有爱情的。

但此时的挽回将显得十分不大度。白子琛思考了很久,才又向宋雪瑶发送了消息:"我有工作需要了。"

他看不见手机那头宋雪瑶的表情,他看见的只是几分钟后她的回复:"好的。"

· 08 ·

像是两个人都有无尽的怨气需要发泄似的,他们在接下去的一周里昏天黑地地睡觉,差点连走路都成了问题。一周以后，一切恢复了正常。白子琛不再关心她是否真的和明星们上了床，也不再怀疑自己对她是否产生了感情，那种蚊虫萦绕般的困扰转眼间就消散如烟，他的胸腔大方敞开，任由清爽的穿堂风从中条条拂过。一切都是做假签名的工作需要。他们继续像以前那样合作，继续对彼此的感情只字不提，一周或两周睡一次觉，真正享受起了生活。唯一不同的是，宋雪瑶不再作为素人上节目，而越来越多地看到她坐在了节目中的嘉宾席或者评论席上，成为一个表情浮夸、唠叨肤浅的观察员。

在宋雪瑶的建议下，白子琛开始试着给节目创作台本。托宋雪瑶的福，这些台本大多都被采用。白子琛起先对此相当感激，但没过多久，他忽然想到：我何不也成为一个签约艺人呢？他于是跟宋雪瑶提出想要见一见叶导，由她引荐也成为艺人，却被宋雪瑶一口回绝了。

"这恐怕不行。"她说。

"为什么？"

"我也不过是一个小艺人，活都是经纪人接的，能见到叶导的机会也屈指可数。"

"那你就和经纪人说，让他来举荐。"

宋雪瑶摇摇头。"不太方便。"她说。

白子琛对此感到十分气愤，甚至一度又想再次提出收手不干，但想了想卖假签名能赚到的钱，他还是忍住了。犯不着跟钱过不去,他想,何况万一今后宋雪瑶真成了大腕,对自己也算是有好处。但是,他那颗想成为签约艺人的心还是蓬勃地跃动着。那天当他得知自己将要参加的节目又是叶导制作的时候,他已经下定了主意在录制结束后去敲响休息室的木门,一如当时宋雪瑶那样。可出乎他意料的是,还未等他出手,叶导就先找到了他。那是在棚里彩排的时候,导演忽然告诉他,说叶导在休息室想要见他。他喜出望外,以为自己终于也得到了认可,晚年得子的幸福余波看样子仍在荡漾着。他兴冲冲地上了楼。

休息室比想象中简陋,毕竟录影棚的大多预算都要用在节目上。然而,即便是在那狭小的房间,叶导还要费心地在桌上放上几瓶亮闪闪的红酒、两只高脚杯、一盒宝格丽的香水和一只银质的烟灰缸。房间的一角放着一管鞋油和鞋刷,叶导的双脚平放在桌下,一双黑色小牛皮鞋油亮如新,仿佛什么灰尘落上去都会滑下去。白子琛的眼睛被晃得受不了,便抬眼看了看叶导,不料他那亮晶晶、齐刷刷向后梳去的油头比皮鞋更耀眼。白子琛迅速地眨了下眼来习惯这房间里的光芒,随即关上门,说:"叶老师,你找我啊。"

他知道当面的时候,叶导更喜欢别人叫他叶老师。稍微熟一些的人可以叫他老叶,但他讨厌别人叫他叶导,然而别人偏偏私底下都叫他叶导。

叶导把头从桌面的文件上抬起来,一看是白子琛,就拿出一根 iqos 电子烟，一边把烟弹塞进去一边说："请坐吧。"

白子琛坐在叶导对面的椅子上，双手在桌下交叉。

"最近活好接么？"叶导吸了一口电子烟，那样子就像是啜着奶嘴的婴孩。

"还行，混口饭吃。"

"这行不容易。"

"确实不容易。"

叶导若有所思地点点头，白子琛觉得差不多他快提出要签自己了。他的两根拇指在不断地搓着。

"所以有些事情，还是要注意一下比较好。"叶导慢条斯理地说。

白子琛一怔，发出了困惑的一声"嗯"。

叶导见他并没有理解他的意思，便又吸了口奶嘴，说："你是宋雪瑶的朋友吧？"

白子琛心一凉，拇指停了下来。他没想到会在这个时候听到她的名字，以致于一时语塞，只是微张了嘴巴，却没有回答。

"我知道你们的事情，"叶导终于把目光对准了白子琛的眉间，说，"其实没什么，这个圈子什么样大家都清楚，也都能理解。"

白子琛的手心开始潮湿了。他忽然明白为何宋雪瑶始终都不肯帮他引荐给叶导,也明白了为何一夜之间叶导突然找了她做签约艺人。那种久违的嫉妒感又重新浮现在了心头。这个女人,他一瞬间咬牙切齿地想,这个女人是个彻头彻尾的婊子。

"但是这有失我的身份,"叶导靠在椅背上,一手拿着电子烟,一手点着自己的胸口,"我们都不希望自己的身份被玷污。你明白我的意思吗?"

白子琛凝视着叶导手中的电子烟,脑中被火烫的钳子烙下了深深的"玷污"二字。他反复默念这两个字的读音,最后都搞不清它们究竟是什么意思了。一股起身动手的冲动遍布了他的左右两只拳头,但是这种冲动稍纵即逝,往后就再也没有产生过这种激烈的情绪。他点点头,顺从地说:"明白。"

"明白就好,"叶导说,"你是个聪明人,也知道该怎么做。"

白子琛像被人强摁入水中似的点了点头。

"好了,你没什么问题的话,就赶紧下去排练吧。"叶导把烟弹拔了出来,扔进了烟灰缸里。

"还能继续录制节目吗?"

"当然了,"叶导笑着说,"毕竟大家都不容易。"

"谢谢叶老师。"白子琛本还想说句对不起,但他不知怎的没能说出口。他起身的时候,叶导说:"对了,那些假签名的勾当以后也少弄弄。你也有你的身份,不是吗?"

白子琛差点没站稳,但他从腰往下一发力,勉强没有跌回座位上。他惊恐地看着烟灰缸,仿佛叶导的话是从这烟灰缸里发出的。他气若游丝地应了一声,感到脸上血色全无。随即大步走到门口,招呼也没打就开门出去了。

"记住,"叶导对着白子琛的仓皇背影补枪般地说,"身份是最重要的东西。"

· 09 ·

宋雪瑶穿着一身长款的白色羽绒服站在门外,目光硬硬地顶在白子琛脑门上,口中团团地呼着白气。她的神情像一地被踩脏了的雪,阴沉柔弱,见白子琛吓得往后退了一步才微微露出些笑意。

"你怎么找到这里的?"白子琛说。那天见过叶导后,他没有预兆地就把宋雪瑶的所有联系方式都屠城般删除得一干二净,甚至还搬了家。他偶尔也会想念宋雪瑶,但从未期盼更从未想到他们真的会再相见。

"能进去说么?外面冷。"宋雪瑶平静地说。

一进门,连外套都没脱,宋雪瑶就在白子琛的房间逛起来,与其说是看看到底他又住进了什么样的地方,不如说是在寻找着什么蛛丝马迹。直到进了卧室后，她看见墙上满满挂着的明信片，眼里便闪过了一道青红色的光芒，伸手将它们一张一张取下来，攥在手里。

"你干什么？"白子琛说。

"这本来就是我的东西，我特地来取回去。"

白子琛想要出手阻止她，但他一时找不到什么理由。只能站在一边，眼睁睁地看着她像拔鸡毛一样一张一张把明信片撕扯下来。

"你是怎么找到这里的？"他又问了一遍。

"我找了私家侦探。"宋雪瑶说，"放心吧，我取完就走。"

"为了找这几张明信片你请了私家侦探？"白子琛惊道。

"不可以吗？"宋雪瑶说。

宋雪瑶的到来使白子琛的房间又盈溢着熟悉的芳香。他看着宋雪瑶如同一个农妇那样翘着屁股从几近枯黄的松木板上摘下明信片样的甜果子，心里忽然有些伤感。他起先怀有一种不切实际的幻想，觉得今晚可以和她再睡一觉，但立时这个念头就被打消了。因为他想起他对她做的事，也想起叶导那张可怖的笑脸。自那天以后，每当他在做"掺手"的时候偶遇叶导，他都会对白子琛做出那个和蔼可亲的笑脸，而每每此时，白子琛都感到自己的笑容僵硬难堪，由此意识到自己也许确实不适合做演员。宋雪瑶确实有那么一阵上了好些综艺节目，但一年过去了，似乎没有什么观众记住她，到后来，甚至都没怎么看到她上节目了。白子琛想，也许她转去做别的什么了，也许仅仅是他没看到而已，毕竟这世上有这么多节目，他看不过来，也无意为了看她而费时劳力地苦苦追寻。然而从现在她这么急于要将明信片全部回收来看，她也许是真的缺钱了。暖气使宋雪瑶的脸上厚了一层红晕，她这时看上去更像农妇了，白子琛想。

"艺人做得好好的，怎么还缺这几个假签名的钱？"白子琛说。

"我解约了。"宋雪瑶一边卸明信片一边说。

"为什么？"白子琛惊道。

"不想做了。"

白子琛沉默了一会，很快，他就明白了真实的原因。一只粗糙的丑手把他的心搅出了一阵难过，另一只手拿着一支白色的电子烟，两瓣清秀而苍老的唇衔着它像衔着奶嘴，也像衔着宋雪瑶或别的女人的乳头。"很好，"他说，"你该从中吸取些教训。"

宋雪瑶停下了手中的活，噌的一下盯向白子琛："什么教训？"

白子琛耸了下肩，说："善待自己。"

宋雪瑶看了看他，冷漠地说："最不善待我的人是谁？"

白子琛怔在那里，这是他第一次听见宋雪瑶对他说出这样充满感情的话，他不知道，这也是最后一次。

收完最后几张明信片，宋雪瑶就立刻挤开他，手捧明信片朝门口走去了。

穿上鞋，打开门，她说："我们不要见面了。"

她的声音弄亮了楼道的黄灯，在适当的阴影下，白子琛发现宋雪瑶显得楚楚可怜。不知怎么回事，他忽然听见了自己心碎的声音。他开始愿意相信，打从一开始，宋雪瑶就不是他想象中的那个淫荡形象；打从一开始，他只是以这种想象作为克制自己的借口。接着他忽然意识到，现在他们已经不会有辱任何人的身份了，他们可以做他们想做的一切了。可他却不知道如何开这个口。过了好久，他挤出一句"对不起"。可是接下去该说什么，还能说什么，他又举棋不定了。

宋雪瑶不带任何感情地望着他。冷空气窜入屋里。

白子琛想要继续说些什么来挽留她，但话到嘴边总是如稀土般悄然粉碎。他确信宋雪瑶没有表现出来的那样生气和介意，甚至有那么一刻感到宋雪瑶也在期待着他再说些什么，或者她自己想要说些什么，但两人终究还是在沉默中不知所措。就在这种犹疑中，宋雪瑶关上门离开了。就像当年她等来了白子琛的断绝联系一样，这一回她等来了白子琛令人绝望的沉默不语。临走前白子琛看见她的眼里软软的，韧韧的，好像很多甜蜜从这双眼里绵绵地逸了出去，直到最后，有那么一丝恨和傲也跟着出来了。像是意识到这个疏漏一般，砰的一声，门如剪刀一般被宋雪瑶将一切都切断了。

这一刀剪下后，有什么东西在白子琛心里勃动了一下，像忽然被烫了手，也像耶稣复活时的第一声心跳。白子琛一时有些透不过气，他感觉自己似乎一下子明白了什么，但下一秒，一切又都模糊难辨了。他忧伤地想，这是一种很不寻常的触动。

他整夜地辨认这触动自己的究竟是什么。

他回到房间里，看着松木板上千疮百孔的洞群，密密麻麻如同夜兽的绿眼。他坐在沙发上和它们对望了许久，甚至在睡觉的时候脑中都是这些洞。它们慢慢扩张，露出其中空虚而没有尽头的部分，冰冰凉凉，说什么都没有回声。他打了个电话给林象，想要跟他随便聊些什么来挨过这种空洞，但林象的号码已成了空号。白子琛呆住了，随即想起了宋雪瑶的话。"这不该啊……"他想。

第二天，他在录制现场茫然无措地死背着台词，刘先生和从阿姨的争执声从白子琛的耳际不动声色地掠过，他自己也浑浑噩噩，仍未从昨晚接二连三的事件中回过神来。他用了很多办法都没有能联系到林象，他甚至还抱有一丝幻想，觉得林象出差去了很远的地方，那里没有信号，没有网络。越是穷乡僻壤，越有暴富良机。

他僵硬地坐在录制现场，若不是戴上了防止被认出的墨镜，他那病恹恹的眼神恐怕会令每一个监视器前的导演叫苦不迭。

"钱难道比亲人还重要吗？"从阿姨厉声问道。

刘先生涨红着脸说："可是没有钱我怎么养活亲人。"

"我们自己可以养活！"录制现场的从阿姨爆发力惊人，"你只要不再赌钱就是对我们最大的帮忙了。"

"不行，"刘先生说，"不行，这不是我想要的。"

他们就这样无休无止地吵下去。直到某一刻，也许主持人介入了调解，也许没有；也许某一句台词钻进了白子琛的心里，也许没有；也许窗外开始下了大雨，也许没有；也许他忽然想起了宋雪瑶、想起了自己写过的情书、说过的情话、编过的故事，想起了林象、想起了他的老情人们，也许没有。总之，他咕哝了一声"这都是些什么事呀"，泪水就从墨镜底下漏出来。他痛苦地屈了身子，唇线不住地颤抖，将双手探进墨镜，发出不像一个男人能发出的哀嚎声，脱离台本地大哭起来。

"导演，这个要不要喊停？"

"先不用，一会再补录。"导演在导控间冷静地说道，"这个镜头备着，正片里可以用。"

所有人一下子都静了，大家都在听白子琛异样的哭声，面面相觑，一筹莫展。

"导演,镜头差不多了。"

导演陶醉地摇摇头:"再多拍点吧,再多拍点。"他目不转睛地看着监视器,"不愧是老'掺手',你看这哭得多真实。"

后记

对我来说，好的文学都试图指出人类的病。存在之病，真实之病。

一种普遍的理念认为，我们的生活包含且仅包含两层认知：一层表象，一层真实。穿越表象，沿着某条道路抵达真实，似乎成为了一种清醒的共识。然而有时候，这也许只是出于惯性和惰息。真实未必是作为终点存在，它与表象的关系既不对立，也不是线段的两端，它笼罩于表象，互渗于表象。当我们试图寻找一条通往真实的道路时，这条道路本身是虚构的，幻想的，因此可能是空穴来风的。线性的目的论思维很易于理解，也足够有诱惑力，可是往往，这意味着缘木求鱼。

通往真实的最佳手段是叙述表象。这是小说的根本魅力。真实并不隐藏于故事的背面，它是故事的一切，是故事本身。光用理论并不能达到百分之百的对存在真实的萃取，所谓真理，也许恰恰不能通过"道理"来表述，而只能通过存在的能指本身传递。恩斯特·卡希尔说："艺术是以感性的方法揭示真实"。也许感性也正是揭示真实的唯一方法。这是我对于真实的看法，也是对于小说的看法。

真实本身并没有病，但当真实作用于人类的存在，病就必然会产生。小说的目的就是描述症候。大到历史更迭，小到个人选择，应该说人类延续至今，混乱、荒诞、偶然和非理性的因素是主要推动力之一。这就是真实之病。在这种疾病的推动下，人类不仅没有走入绝境，反而创造了日益伟大的文明，人的个体生活进入到史无前例的丰盛形态，仔细一想，颇有些不可思议。这便是《久病成仙》这个名字的由来。

这本书，主要关注的是"人的个体生活"。我们的病是真实的，我们的仙亦是真实的，两种真实的并存何以成为可能，这是我想要展示的图景。正如同完美本身并不存在一样，完美的人类个体生活也不存在。知足常乐，仅仅是乐而已。人只要还有思想和情感，他就必然伴随了病，也伴随了仙。也许我们自己在日常经验中也会不时感到："这种生活状态是有问题的。"这种问题的存在是永恒的，人们无不生活于这种问题之下，在寻求解决的岁月中，融入生命，融入社会，融入自身。即，成为了仙。

久病成仙既是个人的缩影，也是人类的缩影。这话未免有些自大，权博诸君一哂。正如书中的八篇小说，尽管远非高作，但诸君聊作消磨，我想总不至于一无所获。

感谢李伟长先生、李霞女士、王丹姝女士为这本书做出的帮助与贡献。希望我的作品没有辜负他们的努力与热心。

曹畅洲

2020 年 3 月

图书在版编目（CIP）数据

久病成仙/曹畅洲著.-上海：上海文艺出版社.2020
ISBN 978-7-5321-7601-4
Ⅰ.①久… Ⅱ.①曹… Ⅲ.①短篇小说－小说集－中国－当代
Ⅳ.①I247.7
中国版本图书馆CIP数据核字(2020)第135237号

发 行 人：毕　胜
责任编辑：李　霞　王丹姝
装帧设计：钱　祯

书　　名：久病成仙
作　　者：曹畅洲
出　　版：上海世纪出版集团　上海文艺出版社
地　　址：上海市绍兴路7号　200020
发　　行：上海文艺出版社发行中心
　　　　　上海市绍兴路50号　200020　www.ewen.co
印　　刷：崇明裕安印刷厂
开　　本：889×1194　1/32
印　　张：8.875
插　　页：2
字　　数：200,000
印　　次：2020年8月第1版　2020年8月第1次印刷
ＩＳＢＮ：978-7-5321-7601-4/I・6046
定　　价：42.00元
告 读 者：如发现本书有质量问题请与印刷厂质量科联系　T:021-59404766